VINO

Джанни Родари

Приключения Чиполлино

Иллюстрации Вадима Челака

#эксмодетство
Москва
2021

ГЛАВА I,

в которой Чиполлоне отдавил ногу принцу Лимону

Чиполлино был сыном Чиполлоне. И было у него семь братьев: Чиполлетто, Чиполлотто, Чиполлочча, Чиполлучча и так далее — самые подходящие имена для честной луковой семьи. Люди они были хорошие, надо прямо сказать, да только не везло им в жизни.

Что ж поделаешь: где лук, там и слёзы.

Чиполлоне, его жена и сыновья жили в деревянной лачуге чуть побольше ящичка для огородной рассады. Если богачам случалось попадать в эти места, они недовольно морщили носы, ворчали: «Фу, как несёт луком!» — и приказывали кучеру ехать быстрее.

Однажды бедную окраину собрался посетить сам правитель страны, принц Лимон. Придворные ужасно беспокоились, не ударит ли луковый запах в нос его высочеству.

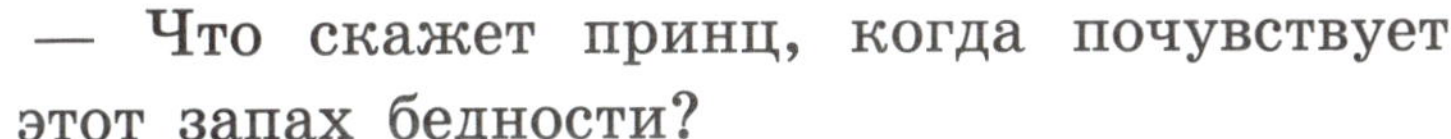

— Что скажет принц, когда почувствует этот запах бедности?

— Можно опрыскать бедняков духами! — предложил Старший Камергер.

На окраину немедленно отправили дюжину солдат-Лимончиков, чтобы надушить тех, от кого пахнет луком. На этот раз солдаты оставили в казармах свои сабли и пушки и взвалили на плечи огромные бидоны с опрыскивателями. В бидонах были: цветочный одеколон, фиалковая эссенция и даже самая лучшая розовая вода.

Командир приказал Чиполлоне, его сыновьям и всей родне выйти из домишек. Солдаты построили их в ряды и хорошенько опрыскали с головы до ног одеколоном. От этого душистого дождя у Чиполлино с непривычки сделался сильнейший насморк. Он стал громко чихать и не расслышал, как издали донёсся протяжный звук трубы.

Это на окраину прибыл сам правитель со свитой Лимонов, Лимонишек и Лимончиков. Принц Лимон был одет во всё жёлтое с ног до головы, а на жёлтой шапочке у него побрякивал золотой колокольчик. У придворных Лимонов колокольчики были серебряные, а у солдат-Лимончиков — бронзовые. Все эти колокольчики звенели, не переставая, так что получалась великолепная музыка. Послушать её сбежалась вся улица. Народ решил, что пришёл бродячий оркестр.

Чиполлоне и Чиполлино оказались в первом ряду.

Им обоим досталось немало толчков и пинков от тех, кто напирал сзади. Наконец бедный старик Чиполлоне не выдержал и закричал:

— Назад! Осади назад!..

Принц Лимон насторожился. Это что такое?

Он подошёл к Чиполлоне, величаво переступая своими короткими кривыми ножками, и строго посмотрел на старика:

— Чего это ты кричишь «назад»? Мои верноподданные так жаждут увидеть меня, что рвутся вперёд, а тебе это не нравится, да?

— Ваше высочество, — прошептал на ухо принцу Старший Камергер, — мне кажется, что этот человек — опасный мятежник. Его нужно взять под особое наблюдение.

Тотчас же один из солдат-Лимончиков направил на Чиполлоне подзорную трубу, которою пользовались для наблюдения за возмутителями спокойствия. У каждого Лимончика была такая труба.

Чиполлоне позеленел от страха.

— Ваше высочество, — пробормотал он, — да ведь они меня затолкают!

— И прекрасно сделают, — прогремел принц Лимон. — Так тебе и надо!

Тут Старший Камергер обратился к толпе с речью.

— Возлюбленные наши подданные, — сказал он, — его высочество благодарит вас за выражение преданности и за усердные пинки, которыми вы потчуете друг друга. Толкайтесь посильнее, напирайте вовсю!

— Но ведь они и вас самих, чего доброго, с ног сшибут, — попытался возразить Чиполлино.

Но сейчас же другой Лимончик направил на мальчика подзорную трубу, и Чиполлино счёл за лучшее скрыться в толпе.

Сначала задние ряды напирали на передние не слишком сильно. Но Старший Камергер так свирепо поглядывал на нерадивых, что в конце концов толпа заволновалась, как вода в кадушке. Не выдержав напора, старый Чиполлоне завертелся кубарем и нечаянно наступил на ногу самому принцу Лимону. Его высочество, на ногах у которого были изрядные мозоли, сразу увидел все звёзды небесные без помощи придворного астронома. Десять солдат-Лимончиков кинулись со всех сторон на несчастного Чиполлоне и надели на него наручники.

— Чиполлино, Чиполлино, сынок! — звал, растерянно оглядываясь по сторонам, бедный старик, когда его уводили солдаты.

Чиполлино в эту минуту находился очень далеко от места происшествия и ничего не подозревал, но зеваки, сновавшие вокруг, уже всё знали и, как бывает в подобных случаях, знали даже больше того, что было на самом деле.

— Хорошо, что его вовремя схватили, — говорили досужие болтуны. — Вы только подумайте, он хотел заколоть его высочество кинжалом!

— Ничего подобного: у злодея пулемёт в кармане!

— Пулемёт? В кармане? Быть этого не может!

— А разве вы не слышите стрельбы?

На самом деле это была вовсе не стрельба, а треск праздничного фейерверка, устроенного в честь принца Лимона. Но толпа так перепугалась, что шарахнулась во все стороны от солдат-Лимончиков.

Чиполлино хотел было крикнуть всем этим людям, что в кармане у его отца не пулемёт, а только небольшой окурок сигары, но, подумав, решил, что болтунов всё равно не переспоришь, и благоразумно промолчал.

Бедный Чиполлино! Ему вдруг показалось, что он стал плохо видеть, — это потому, что у него на глаза навернулась большущая слезища.

— Назад, глупая! — прикрикнул на неё Чиполлино и стиснул зубы, чтобы не зареветь.

Слеза испугалась, попятилась и больше уже не показывалась.

* * *

Короче говоря, старого Чиполлоне приговорили к тюремному заключению не только на всю жизнь, но и на много-много лет после смерти, потому что при тюрьмах принца Лимона были и кладбища.

Чиполлино добился свидания со стариком и крепко обнял его:

— Бедный ты мой отец! Тебя засадили в каталажку, как преступника, вместе с ворами и бандитами!..

— Что ты, что ты, сынок, — ласково перебил его отец, — да ведь в тюрьме полным-полно честных людей!

— А за что же они сидят? Что плохого они сделали?

— Ровно ничего, сынок. Вот за это-то их и засадили. Принцу Лимону порядочные люди не по нутру.

Чиполлино призадумался.

— Значит, попасть в тюрьму — это большая честь? — спросил он.

— Выходит, что так. Тюрьмы построены для тех, кто ворует и убивает, но у принца Лимона всё наоборот: воры и убийцы у него во дворце, а в тюрьме сидят честные граждане.

— Я тоже хочу быть честным гражданином, — заявил Чиполлино, — но только в тюрьму попадать не желаю. Потерпи немного, я вернусь сюда и всех вас освобожу!

— Не слишком ли ты на себя надеешься? — улыбнулся старик. — Это дело нелёгкое!

— А вот увидишь. Я своего добьюсь.

Тут явился какой-то Лимонишка из стражи и объявил, что свидание окончено.

— Чиполлино, — сказал на прощание отец, — теперь ты уже большой и можешь сам о себе подумать. О твоей маме и братишках позаботится дядя Чиполла, а ты отправляйся странствовать по белу свету, поучись уму-разуму.

— Как же мне учиться? Книжек у меня нет, да и купить их не на что.

— Не беда, жизнь научит. Только гляди в оба — старайся видеть насквозь всяких плутов и мошенников, особенно тех, которые имеют власть.

— А потом? Что мне потом делать?

— Сам поймёшь, когда придёт время.

— Ну пошёл, пошёл, — прикрикнул Лимонишка, — довольно болтать! А ты, оборвыш, держись подальше отсюда, ежели не хочешь сам попасть за решётку.

Чиполлино ответил бы Лимонишке насмешливой песенкой, да подумал, что не стоит попадать за решётку, пока не успеешь как следует взяться за дело.

Он крепко поцеловал отца и убежал.

На следующий день он поручил свою мать и семерых братьев заботам доброго дяди Чиполлы, которому повезло в жизни чуть-чуть больше, чем остальным родственникам, — он служил где-то привратником.

Попрощавшись с дядей, матерью и братьями, Чиполлино завязал свои вещи в узелок и, нацепив его на палку, пустился в путь. Он пошёл куда глаза глядят и, должно быть, выбрал верную дорогу.

Через несколько часов добрался он до маленькой деревушки — такой маленькой, что никто даже не потрудился написать её название на столбе или на первом доме. Да и дом-то этот был, собственно говоря, не дом, а какая-то крохотная конурка, которая годилась разве что для таксы.

У окошечка сидел старик с рыжеватой бородкой; он грустно поглядывал на улицу и, казалось, был чем-то очень озабочен.

ГЛАВА II

Как Чиполлино заставил кавалера Помидора заплакать в первый раз

— Дяденька, — спросил Чиполлино, — что это вам взбрело в голову забраться в этот ящик? Хотел бы я знать, как вы из него вылезете!

— О, это довольно легко! — отвечал старичок. — Вот войти гораздо труднее. Я бы с удовольствием пригласил вас к себе, мальчик, и даже угостил бы стаканчиком холодного пива, но здесь вдвоём не поместишься. Да, правду сказать, у меня и ничего нет.

— Ничего, я пить не хочу... Так это, значит, ваш дом?

— Да, — отвечал старик, которого звали кум Тыква. — Домик, правда, тесноват, но, когда нет ветра, тут неплохо.

Надо сказать, что кум Тыква только накануне этого дня закончил постройку своего дома. Чуть ли не с самого детства мечтал он о том, что у него будет когда-нибудь собственный домик, и каждый год покупал по одному кирпичу для будущей постройки.

Но только, к сожалению, кум Тыква не знал арифметики и должен был время от времени просить сапожника, мастера Виноградинку, посчитать за него кирпичи.

— Посмотрим, — говорил мастер Виноградинка, почёсывая затылок шилом. — Шестью семь — сорок два... девять долой... Словом, всего у тебя семнадцать кирпичей.

— А как ты думаешь, хватит этого на дом?

— Я бы сказал, что нет.

— Как же быть?

— Это уж твоё дело. Не хватает на дом — сложи из кирпичей скамеечку.

— Да на что же мне скамеечка! Скамеечек и без того в парке много, а когда они заняты, я и постоять могу.

Мастер Виноградинка молча почёсывал шилом сначала за правым ухом, потом за левым и уходил в свою мастерскую.

А кум Тыква думал-думал и в конце концов решил работать побольше, а есть поменьше. Так он и сделал.

Теперь ему удавалось покупать по три, а иной раз и по четыре кирпича в год.

Он стал худым, как спичка, зато груда кирпичей росла.

Народ говорил:

«Посмотрите-ка на кума Тыкву! Можно подумать, что он вытаскивает кирпичи из собственного брюха. Каждый раз, как у него прибавляется кирпичик, сам он худеет на килограмм».

Так шёл год за годом. Наконец наступил день, когда кум Тыква почувствовал, что становится стар и не может больше работать. Он снова пошёл к мастеру Виноградинке и сказал ему:

— Будь так добр, посчитай мои кирпичи.

Мастер Виноградинка, захватив с собой шило, вышел из мастерской, посмотрел на груду кирпичей и начал:

— Шестью семь — сорок два... девять долой... Словом, всего у тебя теперь сто восемнадцать штук.

— Хватит на дом?

— По-моему, нет.

— Как же быть?

— Не знаю, право, что тебе сказать... Построй курятник.

— Да у меня ни одной курицы нет!

— Ну так посели в курятнике кошку. Знаешь, кошка — зверь полезный. Она мышей ловит.

— Это-то верно, но ведь кошки у меня тоже нет, а правду сказать, и мыши ещё не завелись. Не с чего, да и негде...

— Чего же ты от меня хочешь? — засопел мастер Виноградинка, ожесточённо почёсывая затылок шилом. — Сто восемнадцать — это сто восемнадцать, ни больше ни меньше. Так ведь?

— Тебе виднее — ты арифметике учился.

Кум Тыква вздохнул разок-другой, но, видя, что от его вздохов кирпичей не прибавляется, решил без лишних слов начать постройку.

«Я сложу из кирпичей совсем-совсем маленький домик, — думал он, работая. — Мне ведь дворца не нужно, я и сам невелик. А если кирпичей не хватит, пущу в ход бумагу».

С этого дня кум Тыква, как только у него заводилось несколько сольдо, покупал конфеты и клал их на подоконник для ребят, словно хлебные крошки для воробьёв.

Так они и подружились.

Иной раз Тыква разрешал мальчикам по очереди влезать в домик, а сам зорко поглядывал снаружи, как бы они не наделали беды.

* * *

Вот обо всём этом кум Тыква и рассказывал юному Чиполлино как раз в ту минуту, когда на краю деревни показалось густое облако пыли. Тотчас же, словно по команде, все окна, двери и ворота стали со стуком и скрипом закрываться. Жена мастера Виноградинки тоже поспешила запереть свою калитку.

Народ попрятался по домам, словно перед бурей. Даже куры, кошки и собаки и те кинулись искать себе надёжное убежище.

Чиполлино ещё не успел расспросить, что такое здесь творится, как облако пыли с треском и грохотом прокатилось по деревне и остановилось у самого домика кума Тыквы.

В середине облака оказалась карета, которую тянула четвёрка лошадей. Собственно говоря, это были не совсем лошади, а, скорее, огурцы, потому что в стране, о которой идёт речь, все люди и животные были сродни каким-нибудь овощам или фруктам.

Из кареты, пыхтя и отдуваясь, вылез толстяк, одетый во всё зелёное. Его красные, пухлые, надутые щёки, казалось, вот-вот лопнут, как перезрелый помидор.

Это и был кавалер Помидор, управитель и эконом богатых помещиц — графинь Вишен. Чиполлино сразу понял, что от этой особы нельзя ждать ничего хорошего, если все удирают при первом же её появлении, и сам счёл за лучшее держаться в сторонке.

Сначала кавалер Помидор не делал никому ничего дурного. Он только смотрел на кума Тыкву. Смотрел долго и пристально, зловеще покачивая головой и не говоря ни слова.

А бедный кум Тыква рад был в эту минуту провалиться сквозь землю вместе со своим крошечным домиком. Пот ручьями струился у него со лба и попадал в рот, но кум Тыква не осмеливался даже поднять руку, чтобы вытереть лицо, и покорно глотал эти солёные и горькие капли.

Наконец он закрыл глаза и стал думать так: «Никакого синьора Помидора тут больше нет. Я сижу в своём домике и плыву, как моряк в лодочке, по Тихому океану. Вокруг вода — синяя-синяя, спокойная-спокойная... Как мягко она колышет мою лодочку!..»

Конечно, никакого моря вокруг не было и в помине, но домик кума Тыквы и в самом деле покачивался то вправо, то влево. Это происходило оттого, что кавалер Помидор ухватился за край крыши обеими руками и стал трясти домик изо всех сил. Крыша ходила ходуном, и аккуратно уложенная черепица разлеталась во все стороны.

Кум Тыква поневоле открыл глаза, когда синьор Помидор издал такое грозное рычание, что двери и окна в соседних домах закрылись ещё плотнее, а тот, кто запер дверь только на один оборот ключа, поспешил повернуть ключ в замочной скважине ещё разок или два.

— Злодей! — кричал синьор Помидор. — Разбойник! Вор! Мятежник! Бунтовщик! Ты построил этот дворец на земле, которая принадлежит графиням Вишням, и собираешься провести остаток своих дней в безделье, нарушая священные права двух бедных престарелых синьор — вдов и круглых сирот. Вот я тебе покажу!

— Ваша милость, — взмолился кум Тыква, — уверяю вас, что у меня было разрешение на постройку домика! Мне его дал когда-то сам синьор граф Вишня!

— Граф Вишня умер тридцать лет тому назад — мир его праху! И теперь земля принадлежит двум благополучно здравствующим графиням. Поэтому убирайся отсюда вон без всяких разговоров! Остальное тебе разъяснит адвокат... Эй, Горошек, где вы тут? Живо!

Синьор Зелёный Горошек, деревенский адвокат, очевидно, был наготове, потому что немедленно выскочил откуда-то, словно горошинка из стручка. Каждый раз, когда Помидор являлся в деревню, он звал этого расторопного малого, чтобы тот подтвердил его распоряжения подходящими статьями закона.

— Я здесь, ваша милость, к вашим услугам... — пролепетал синьор Горошек, низко кланяясь и зеленея от страха.

Но он был такой маленький и юркий, что его поклона никто и не заметил. Боясь показаться недостаточно вежливым, синьор Горошек подпрыгнул повыше и задрыгал ногами в воздухе.

— Эй, как вас там, скажите-ка этому бездельнику Тыкве, что, по законам королевства, он должен немедленно убираться отсюда прочь. И объявите всем здешним жителям, что графини Вишни намерены посадить в эту конуру самую злую собаку, для того чтобы стеречь графские владения от мальчишек, которые с некоторого времени стали вести себя крайне непочтительно.

— Да-да, действительно непочтительно... то есть... — бормотал Горошек, ещё пуще зеленея от страха. — То есть недействительно почтительно!

— Что там — «действительно» или «недействительно»! Адвокат вы или нет?

— О да, ваша милость, специалист по гражданскому, уголовному, а также и каноническому праву. Окончил университет в Саламанке. С дипломом и званием...

— Ну, ежели с дипломом и званием, так, стало быть, вы подтвердите, что я прав. А затем можете убираться восвояси.

— Да-да, синьор кавалер, как вам будет угодно!.. — И синьор адвокат, не заставляя себя просить дважды, ускользнул прочь быстро и незаметно, как мышиный хвост.

— Ну что, ты слышал, что сказал адвокат? — спросил Помидор кума Тыкву.

— Да ведь он ровно ничего не сказал! — послышался чей-то голос.

— Как? Ты осмеливаешься ещё спорить со мною, несчастный?

— Ваша милость, я и рта не открывал... — пролепетал кум Тыква.

— А кто же, если не ты? — И кавалер Помидор с угрожающим видом осмотрелся вокруг.

— Мошенник! Плут! — снова послышался тот же голос.

— Кто это говорит? Кто? Наверно, этот старый мятежник, мастер Виноградинка! — решил кавалер Помидор. Он подошёл к мастерской сапожника и, ударив дубинкой в дверь, прорычал: — Я прекрасно знаю, мастер Виноградинка, что в вашей мастерской зачастую произносятся дерзкие, мятежные речи против меня и благородных графинь Вишен! Вы не питаете никакого почтения к этим престарелым знатным синьорам — вдовам и круглым сиротам. Но погодите: придёт и ваш черёд. Посмотрим, кто будет смеяться последним!

— А ещё раньше придёт твой черёд, синьор Помидор! Ох, лопнешь ты скоро, непременно лопнешь!

Слова эти произнёс не кто иной, как Чиполлино. Засунув руки в карманы, он так спокойно и уверенно подошёл к грозному кавалеру Помидору, что тому и в голову не пришло, что правду в глаза осмелился ему высказать этот жалкий мальчуган, этот маленький бродяга.

— А ты откуда взялся? Почему не на работе?

— Я ещё не работаю, — ответил Чиполлино. — Я пока только учусь.

— А что ты изучаешь? Где твои книги?

— Я изучаю мошенников, ваша милость. Как раз сейчас передо мной стоит один из них, и я ни за что не упущу случая изучить его как следует.

— Ах, ты изучаешь мошенников? Это любопытно. Впрочем, в этой деревне все мошенники. Если ты нашёл нового, покажи-ка мне его.

— С удовольствием, ваша милость! — ответил Чиполлино, лукаво подмигнув.

Тут он поглубже засунул руку в левый карман и вытащил оттуда маленькое зеркальце, которым он обычно пускал солнечных зайчиков. Подойдя близко к синьору Помидору, Чиполлино повертел зеркальцем перед самым его носом:

— Вот он, этот мошенник, ваша милость. Если вам угодно, посмотрите-ка на него хорошенько. Узнаёте?

Кавалер Помидор не удержался от искушения и одним глазом посмотрел в зеркальце. Неизвестно, что он надеялся там увидеть, но, конечно, увидел только свою собственную красную, как огонь, физиономию со злыми маленькими глазами и широким ртом, похожим на прорезь копилки.

Тут-то синьор Помидор наконец понял, что Чиполлино попросту издевается над ним. Ну и взбесился же он! Весь побагровев, он вцепился обеими руками Чиполлино в волосы.

— Ой-ой-ой! — закричал Чиполлино, не теряя присущей ему весёлости. — Ах, как силён этот мошенник, которого вы увидели в моём зеркальце! Уверяю вас, он один стоит целой шайки разбойников!

— Я покажу тебе, плут!.. — заорал кавалер Помидор и так сильно дёрнул Чиполлино за волосы, что одна прядь осталась у него в руках.

Но тут случилось то, что и должно было случиться.

Вырвав у Чиполлино прядь луковых волос, грозный кавалер Помидор вдруг почувствовал едкую горечь в глазах и в носу. Он чихнул разок-другой, а потом слёзы брызнули у него из глаз, как фонтан. Даже как два фонтана. Струйки, ручьи, реки слёз текли по обеим его щекам так обильно, что залили всю улицу, словно по ней прошёлся дворник со шлангом.

«Этого ещё со мной никогда не бывало!» — думал перепуганный синьор Помидор.

И в самом деле, он был такой бессердечный и жестокий человек (если только можно назвать помидор человеком), что никогда не плакал, а так как он был к тому же богат, ему ни разу в жизни не приходилось самому чистить лук. То, что с ним произошло, так напугало его, что он вскочил в карету, хлестнул лошадей и умчался прочь. Однако, удирая, обернулся и прокричал:

— Эй, Тыква, смотри же, я тебя предупредил!.. А ты, подлый мальчишка, оборванец, дорого заплатишь мне за эти слёзы!

Чиполлино покатывался со смеху, а кум Тыква только утирал пот со лба.

Двери и окна начали понемножку открываться во всех домах, кроме дома, в котором жил синьор Горошек.

Мастер Виноградинка распахнул настежь калитку и выскочил на улицу, ожесточённо почёсывая затылок шилом.

— Клянусь всей дратвой в мире, — воскликнул он, — наконец-то нашёлся парнишка, который заставил плакать кавалера Помидора!.. Откуда ты взялся, мальчик?

И Чиполлино рассказал мастеру Виноградинке и его соседям свою историю, которую вы уже знаете.

ГЛАВА III,

в которой рассказывается о профессоре Груше, о Луке Порее и о Тысяченожках

С этого самого дня Чиполлино начал работать в мастерской Виноградинки и скоро достиг больших успехов в сапожном деле: натирал воском дратву, подбивал подмётки, ставил набойки, снимал мерку с ног заказчиков и при этом не переставал шутить.

Мастер Виноградинка был доволен им, и дела у них шли отлично не только потому, что они усердно работали, но и потому, что многие заходили в мастерскую, чтобы посмотреть на смелого мальчишку, который заставил плакать самого кавалера Помидора. За короткое время Чиполлино приобрёл много новых знакомых.

Первым пришёл профессор Груша, учитель музыки, со скрипкой под мышкой. За ним влетело целое облако мух и ос, потому что скрипка профессора Груши была сделана из половинки ароматной, сочной груши, а мухи, как известно, большие охотницы до всего сладкого.

Очень часто, когда профессор Груша давал концерт, слушатели кричали ему из зала:

— Профессор, обратите внимание — на вашей скрипке сидит большая муха! Вы из-за неё фальшивите!

Тут профессор прерывал игру и гонялся за мухой до тех пор, пока ему не удавалось прихлопнуть её смычком.

А иногда в его скрипку залезал червяк и проделывал в ней длинные извилистые коридоры. Инструмент от этого портился, и профессору приходилось обзаводиться новым, чтобы играть как следует, а не фальшивить.

Вслед за профессором Грушей явился огородник Лук Порей. У него был густой чуб, спадающий на лоб, и длинные-предлинные усы.

— Из-за этих усов, — жаловался Лук Порей Чиполлино, — у меня немало неприятностей. Когда моя жена собирается сушить бельё, она сажает меня на балкон, привязывает мои усы за кончики к двум гвоздям и вешает на них свои простыни, рубашки и чулки. А я должен сидеть на солнце до тех пор, пока бельё не высохнет. Вот видишь, какие у меня следы на усах!

Действительно, на усах Лука Порея виднелись следы от деревянных защепок.

Однажды в мастерскую пришло семейство Тысяченожек: отец и двое сыновей — Тысяченожка и Тысячелапка. Сыновья ни одной минуты не могли спокойно постоять на месте.

— Они у вас всегда такие непоседы? — спросил Чиполлино.

— Что вы! — вздохнул Тысяченожка-отец. — Сейчас-то они ещё спокойны, как ангелы, а вот вы бы посмотрели, что с ними делается, когда моя жена их купает! Пока она моет им переднюю сотню ног, они успевают загрязнить задние; вымоет задние — глядь, а передние снова чернее чёрного. Она возится с ними без конца и каждый раз изводит целый ящик мыла.

Мастер Виноградинка почесал затылок и спросил:

— Ну что, снимать с ваших малышей мерку?

— Да что вы, бог с вами, разве я могу заказать столько башмаков! Мне пришлось бы работать всю жизнь, чтобы заплатить за тысячу пар ботинок.

— Верно, — согласился мастер Виноградинка. — Да у меня на них и кожи в мастерской не наберётся.

— Ну, так вы посмотрите, какие из ботинок больше всего износились. Сменим хотя бы несколько пар.

Пока мастер Виноградинка и Чиполлино осматривали у ребят подмётки и набойки, Тысяченожка и Тысячелапка изо всех сил старались стоять спокойно, но это у них не очень-то выходило.

— Ну вот, — сказал сапожник, — этому мальцу нужно переменить первые две пары и ещё трёхсотую пару.

— Нет, трёхсотая пока ещё годится, — торопливо возразил отец Тысяченожка. — Подбейте ему только каблуки.

— А другому мальчугану надо сменить десять башмаков подряд на правой стороне.

— Сколько я им твержу, чтобы они не шаркали ногами! Да разве эти ребята умеют ходить? Они скачут, приплясывают, прыгают на одной ноге. И что же получается в конце концов: все правые башмаки стоптались раньше левых. Вот как туго приходится нам, Тысяченожкам!

Мастер Виноградинка только рукой махнул:

— Эх, все дети одинаковы. Две у них ноги или тысяча — это, в сущности, всё равно. Они способны изорвать тысячу пар ботинок на одной-единственной ноге.

Наконец семья Тысяченожек засеменила прочь. Тысяченожка и Тысячелапка умчались, как на колёсах. Их папа не умел так быстро передвигаться, он немного прихрамывал. Совсем чуть-чуть, всего только на сто восемнадцать ног.

ГЛАВА IV

О том, как Чиполлино одурачил пса Мастино, которому очень хотелось пить

А что же стало с домиком кума Тыквы?

В один далеко не прекрасный день кавалер Помидор снова прикатил в своей карете, в которую были запряжены четыре огурца, но на этот раз его сопровождала дюжина Лимончиков. Без долгих разговоров кума Тыкву выгнали из домика, и вместо него поселили там здоровенного сторожевого пса по имени Мастино.

— Вот вам!— заявил Помидор, угрожающе посматривая вокруг. — Теперь все ваши мальчишки научатся уважать меня, а прежде всего — тот пришлый оборванец, которого мастер Виноградинка взял к себе в дом.

— Правильно! Правильно! — глухо пролаял Мастино.

— Что же касается старого дурака Тыквы, — продолжал синьор Помидор, — то это научит его повиноваться моим приказаниям. А если ему очень хочется иметь крышу над головой, то для него всегда найдётся уютное, удобное местечко в тюрьме. Там на всех хватит места.

— Правильно! Правильно! — снова подтвердил Мастино.

Мастер Виноградинка и Чиполлино, стоя на пороге мастерской, видели и слышали всё, что происходит, но не могли ничем помочь старику.

Кум Тыква печально сидел на тумбе и щипал себя за бороду. Каждый раз при этом у него в руке оставался клок волос. В конце концов он решил бросить это занятие, чтобы не остаться совсем без бороды, и начал тихонько вздыхать — ведь вы помните, что у кума Тыквы был большой запас вздохов!

Наконец синьор Помидор влез в свою карету. Мастино сделал стойку и отдал хозяину честь хвостом.

— Смотри сторожи хорошенько! — приказал ему кавалер на прощание, хлестнул по огурцам, и карета умчалась в облаке пыли.

Был чудесный, жаркий летний день. После отъезда хозяина Мастино немножко погулял перед домиком взад и вперёд, высунув от жары язык и обмахиваясь хвостом, как веером. Но это не помогало. Мастино изнемог от жажды и решил, что ему не повредил бы добрый стаканчик холодного пива.

Он огляделся по сторонам, высматривая какого-нибудь мальчишку, чтобы послать его за пивом в ближайший трактир, но на улице, как назло, никого не было.

Правда, в сапожной мастерской перед открытой дверью сидел Чиполлино и усердно вощил дратву, но от него шёл такой горький луковый запах, что Мастино не решался позвать его.

Однако Чиполлино сам увидел, что пёс изнывает от жары.

«Будь я не Чиполлино, если я не сыграю с ним шутку!» — подумал он.

А зной становился всё сильнее, потому что солнце поднималось всё выше. Бедному Мастино так хотелось пить!

«Чего это я наелся сегодня утром? — припоминал он. — Может быть, мой суп пересолили? Во рту горит, а язык тяжёлый, будто на него налипло фунтов двадцать замазки».

Тут Чиполлино выглянул из двери.

— Эй! Эй! — окликнул его Мастино слабым голосом.

— Вы ко мне обращаетесь, синьор?

— К вам, к вам, юноша. Сбегайте и принесите мне, пожалуйста, холодного лимонаду.

— Ах, я бы с великой радостью сбегал, синьор Мастино, но, видите ли, мой хозяин только что дал мне починить этот ботинок, так что я никак не могу отлучиться. Очень жалею.

И Чиполлино без лишних слов вернулся к себе в мастерскую.

— Лентяй! Невежа! — буркнул пёс, проклиная цепь, которая мешала ему самому забежать в трактир.

Через некоторое время Чиполлино показался снова.

— Синьорино, — проскулил пёс, — может быть, вы принесёте мне хоть стакан простой воды?

— Да я бы с большим удовольствием, — отозвался Чиполлино, — но только сейчас мой хозяин приказал мне починить каблуки на туфлях синьора священника.

По правде сказать, Чиполлино от души жалел бедного пса, который томился от жажды, но ему было очень не по душе то ремесло, которым занимался Мастино, а кроме того, ему хотелось ещё разок проучить синьора Помидора.

К трём часам дня солнце стало припекать так, что даже камни на улице вспотели. Мастино чуть ли не взбесился от жары и жажды. Наконец Чиполлино поднялся со своей скамеечки, налил в бутылку воды и подсыпал туда белого порошку, который жена мастера Виноградинки принимала на ночь от бессонницы.

Заткнув пальцем горлышко бутылки и поднеся её к губам, он сделал вид, что пьёт.

— Ах, — сказал он, поглаживая себя по животу, — какая чудесная, холодная, свежая вода!

У Мастино потекли слюнки, так что ему на минутку стало даже легче.

— Синьор Чиполлино, — сказал он, — а эта вода чистая?

— Ещё бы! Она прозрачнее слезы!

— А в ней нет микробов?

— Помилуйте! Эту воду очистили и процедили два знаменитых профессора. Микробы они оставили себе, а воду дали мне за то, что я починил их туфли.

И Чиполлино снова поднёс бутылку ко рту, притворяясь, будто пьёт.

— Синьор Чиполлино, — спросил удивлённый Мастино, — как это у вас получается, что бутылка всё время остаётся полной?

— Дело в том, — ответил Чиполлино, — что эта бутылка — подарок моего покойного дедушки. Она волшебная и никогда не бывает пустой.

— А вы мне не позволите отхлебнуть немного — хоть глоточек? Один глоточек!

— Глоточек? Да пейте сколько хотите! — ответил Чиполлино. — Я же сказал вам, что моя бутылка никогда не пустеет!

Можете себе представить, как обрадовался Мастино. Он без конца благодарил доброго синьора Чиполлино, лизал ему ноги и вилял перед ним хвостом. Даже со своими хозяйками — графинями Вишнями он никогда не бывал так обходителен.

Чиполлино охотно протянул Мастино бутылку. Пёс схватил её и с жадностью осушил до дна одним глотком. Посмотрев на пустую бутылку, он удивился:

— Как, уже всё? А вы же мне сказали, что бутыл...

Не успел он договорить это слово, как свалился и заснул.

Чиполлино снял с него цепь, взвалил пса на плечи и понёс к замку, где жили графини Вишни и кавалер Помидор. Обернувшись назад, он увидел, что кум Тыква уже вновь завладел своим домиком. Лицо старика, высунувшего из окошечка растрёпанную рыжую бородку, выражало неописуемую радость.

«Бедный пёс! — думал Чиполлино, идя к замку. — Ты уж прости меня, пожалуйста, но я должен был сделать это. Неизвестно только, как ты отблагодаришь меня за свежую воду, когда проснёшься!»

Ворота замка были открыты. Чиполлино положил собаку на траву в парке, ласково погладил её и сказал:

— Передай от меня привет кавалеру Помидору. И обеим графиням тоже.

Мастино ответил блаженным ворчанием. Ему снилось, будто он купается в горном озере, в приятной, прохладной воде. Плавая, он пьёт вволю и сам постепенно превращается в воду: у него сделался водяной хвост, водяные уши и четыре лапы, лёгкие и длинные, как струи фонтана.

— Спи спокойно! — добавил Чиполлино и пошёл обратно в деревню.

ГЛАВА V

Кум Черника вешает над дверью колокольчик для воров

Возвратившись в деревню, Чиполлино увидел, что у домика Тыквы собралось много народу. Люди тревожно, вполголоса спорили между собой. Видно было, что они не на шутку напуганы.

— Что-то ещё выкинет кавалер Помидор? — спрашивал профессор Груша печально и озабоченно.

— Я думаю, что эта история плохо кончится. Как ни верти, они здесь хозяева — вот они и делают что хотят, — говорила кума Тыквочка.

Жена Лука Порея сразу же согласилась с ней и, ухватив мужа за усы, как за вожжи, крикнула:

— А ну-ка, заворачивай домой, пока не случилось чего похуже!

Даже мастер Виноградинка в тревоге покачивал головой:

— Кавалер Помидор остался в дураках уже два раза. Он непременно захочет отомстить!

Не беспокоился только кум Тыква.

У него опять нашлись в кармане леденцы, и он угощал ими всех присутствующих, чтобы отпраздновать радостное событие.

Чиполлино взял одну конфетку, пососал её в раздумье и сказал:

— Я тоже думаю, что синьор Помидор так легко не сдастся.

— Но тогда... — испуганно вздохнул Тыква.

Счастливая улыбка сразу сошла с его лица, будто солнце скрылось за тучей.

— Я думаю, нам остаётся одно: спрятать домик.

— Как это так — спрятать?

— Да очень просто. Если б это был дворец, нам бы, конечно, спрятать его не удалось. Но ведь домик такой маленький, что его можно увезти на тележке тряпичника.

Фасолинка, сын тряпичника, сбегал домой и тотчас же вернулся с тележкой.

— Вы хотите погрузить домик на тележку? — озабоченно спросил кум Тыква.

Он боялся, как бы его драгоценный домик не рассыпался на куски.

— Не беспокойся, ничего с твоим домиком не сделается! — засмеялся Чиполлино.

— А куда мы его повезём? — снова спросил кум Тыква.

— Можно пока затащить его ко мне в погреб, — предложил мастер Виноградинка, — а там посмотрим.

— А если синьор Помидор как-нибудь об этом узнает?

Тут все разом посмотрели на адвоката Горошка, который словно ненароком проходил мимо, делая вид, будто это вовсе не он.

Адвокат покраснел и стал клясться и божиться:

— От меня кавалер Помидор никогда ничего не узнает. Я не доносчик, я честный адвокат!

— В погребе домик отсыреет и может рассыпаться, — робко возразил кум Тыква. — Почему бы не спрятать его в лесу?

— А кто за ним там присмотрит? — спросил Чиполлино.

— В лесу живёт мой знакомый, кум Черника, — сказал профессор Груша. — Можно поручить домик ему. А там видно будет.

На том и порешили.

В несколько минут домик погрузили на тележку. Кум Тыква со вздохом попрощался с ним и отправился к своей внучке, куме Тыквочке, отдохнуть после всех пережитых волнений.

А Чиполлино, Фасолинка и Груша повезли домик в лес. Везти его было нетрудно: он весил не больше, чем птичья клетка.

Кум Черника проживал в прошлогодней каштановой скорлупе, толстой, с шипами. Это была очень тесная квартира, но кум Черника удобно устроился в ней со всем своим имуществом, которое состояло из одной половинки ножниц, заржавленной бритвы, иголки с ниткой и корочки сыра.

Когда кум Черника услышал, о чём его просят, он сначала страшно встревожился:

— Жить в таком большом доме? Нет, я на это никогда не соглашусь. Это невозможно! Что я буду делать один в огромном и пустом дворце? Мне хорошо и в моей каштановой скорлупке. Знаете пословицу: в своём доме и стены помогают.

Однако, когда кум Черника узнал, что нужно оказать услугу куму Тыкве, он сразу согласился:

— Я всегда сочувствовал старику. Однажды я предупредил его, что к нему за шиворот заползла гусеница. Ведь я этим, можно сказать, спас его от гибели.

Домик поставили у подножия большого дуба. Чиполлино, Фасолинка и Груша помогли куму Чернике перенести в новую квартиру всё его богатство и распрощались, но обещали скоро вернуться с хорошими вестями.

Оставшись один, кум Черника не на шутку обеспокоился: а вдруг к нему нагрянут воры!

«Теперь, когда у меня такой большой дом, — думал он, — меня, конечно, попытаются обокрасть. Кто знает, может быть, меня убьют во сне, вообразив, что у меня спрятаны невесть какие сокровища!»

Он подумал-подумал и решил повесить над дверью колокольчик, а под ним записку, на которой было выведено печатными буквами:

«ПОКОРНЕЙШАЯ ПРОСЬБА К СИНЬОРАМ ВОРАМ ПОЗВОНИТЬ В ЭТОТ КОЛОКОЛЬЧИК. ИХ СЕЙЧАС ЖЕ ВПУСТЯТ, И ТОГДА ОНИ СВОИМИ ГЛАЗАМИ УБЕДЯТСЯ, ЧТО ЗДЕСЬ КРАСТЬ НЕЧЕГО».

Написав записку, он успокоился и после заката солнца мирно улёгся спать.

В полночь его разбудил звонок.

— Кто там? — спросил кум Черника, выглянув в окно.

— Воры! — ответил грубый голос.

— Иду, иду! Подождите, пожалуйста, я только халат накину, — сказал кум Черника, вставая.

Он надел халат, отпер дверь и пригласил воров осмотреть весь дом. Воры оказались двумя здоровенными, высокими парнями с чёрными бородищами. Они по очереди, осторожно, чтобы не набить шишку, всунули головы в домик и очень скоро удостоверились, что тут действительно нечем поживиться.

— Видите, синьоры? Убедились? — радовался кум Черника, потирая руки.

— Хм, да... — пробурчали разочарованные воры.

— Поверьте, мне очень неприятно отпускать вас с пустыми руками, — продолжал Черника. — Не могу ли я чем-нибудь услужить вам? Хотите побриться? У меня здесь есть бритва — правда, старенькая: это наследство моего прадедушки. Но мне кажется, что она ещё кое-как бреет.

Воры согласились. Они с грехом пополам побрились ржавой бритвой и ушли, несколько раз поблагодарив хозяина.

В общем, они оказались славными ребятами.

Кто знает, отчего им пришлось заняться таким нехорошим ремеслом!

Кум Черника вновь улёгся в постель и заснул.

В два часа ночи его разбудил второй звонок. Пришли ещё двое воров.

— Войдите! — сказал кум Черника. — Но, разумеется, поодиночке, чтобы дом не обрушился.

У этих воров бород не было, но у одного из них не оказалось и пуговиц на куртке.

Ни единой пуговицы! Кум Черника подарил ему иголку с ниткой и посоветовал повнимательнее смотреть под ноги во время прогулок.

— Знаете, на дороге всегда валяется очень много пуговиц, — объяснил он вору.

Эти воры тоже ушли по своим делам.

Словом, каждую ночь кума Чернику будили воры, которые звонили в колокольчик, заглядывали в домик и уходили хоть и без добычи, но очень довольные знакомством с этим добрым и вежливым маленьким хозяином.

Итак, домик кума Тыквы был, как видите, в хороших руках. Давайте пока расстанемся с ним и посмотрим, что происходит в других местах.

ГЛАВА VI,
в которой рассказывается о том, как много хлопот и неприятностей доставили графиням их родственники — барон Апельсин и герцог Мандарин

Теперь нам нужно заглянуть в замок графинь Вишен, которые, как вы уже, вероятно, поняли, были владелицами всей деревни, её домов, земель и даже церкви с колокольней.

В тот день, когда Чиполлино увёз в лес домик кума Тыквы, в замке царило необычное оживление: к хозяйкам приехали родственники.

Родственников было двое: барон Апельсин и герцог Мандарин. Барон Апельсин был двоюродным братом покойного мужа синьоры графини Старшей. А герцог Мандарин приходился двоюродным братом покойному мужу синьоры графини Младшей. У барона Апельсина был необыкновенно толстый живот. Впрочем, ничего удивительного в этом не было, потому что он только и делал, что ел, давая челюстям отдых всего лишь на часок-другой во время полуденного сна.

Когда барон Апельсин был ещё молод, он спал с вечера до утра, чтобы успеть переварить всё, что съел за день. Но потом он сказал себе: «Спать — это только время терять: ведь, когда я сплю, я не могу есть!»

Поэтому он решил питаться и ночью, оставив для пищеварения часа два в сутки.

Чтобы утолить голод барона Апельсина, из его многочисленных владений, раскинувшихся по всей области, к нему ежедневно направлялись обозы с самой разнообразной снедью. Бедные крестьяне уж и не знали, чего бы ему ещё послать.

Он пожирал яйца, кур, свиней, коз, коров, кроликов, фрукты, овощи, хлеб, сухари, пироги... Двое слуг запихивали ему в рот всё, что привозилось. Когда они уставали, их сменяли двое других.

В конце концов крестьяне послали сказать ему, что у них больше не осталось ничего съестного. Весь скот съеден, все плоды с деревьев обобраны.

— Ну так пришлите мне деревья! — приказал барон.

Крестьяне послали ему деревья, и он сожрал их, обмакивая листья и корни в оливковое масло и посыпая солью.

Когда наконец все садовые деревья были уничтожены, барон начал продавать свои земли и на вырученные деньги покупать еду. Продав все поместья, он написал письмо синьоре графине Старшей и напросился к ней в гости.

По правде сказать, синьора графиня Младшая была не очень-то довольна:

— Барон проест всё наше состояние. Он проглотит наш замок, точно блюдо макарон!

Синьора графиня Старшая заплакала:

— Ты не хочешь принимать моих родственников. Ах, ты никогда не любила моего толстого, бедного барона!

— Хорошо, — сказала графиня Младшая, — зови своего барона. Но тогда я приглашу герцога Мандарина, двоюродного брата моего бедного покойного мужа.

— Сделай одолжение! — презрительно ответила графиня Старшая. — Уж этот-то ест меньше, чем цыплёнок. У твоего бедного мужа — мир его праху! — родственники

такие маленькие и тощие, что их и от земли не видно. А у моего бедного покойного мужа — мир его праху! — родственники все как на подбор: высокие, толстые, видные.

И в самом деле, барон Апельсин был очень видной особой — он даже за версту казался целой горой. Пришлось сразу же нанять для него слугу, который возил бы его живот — сам барон уже не в состоянии был таскать своё внушительное брюхо.

Помидор послал за тряпичником Фасолью, чтоб тот доставил в замок свою тележку. Но Фасоль не нашёл тележки — ведь, как вы знаете, её взял его сынишка, Фасолинка. Поэтому он прикатил тачку вроде той, в какой каменщики возят извёстку.

Синьор Помидор помог барону Апельсину уложить в тачку его толстое брюхо и крикнул:

— Ну, пошёл!

Фасоль изо всех сил налёг на ручки старой, расшатанной тачки, но не сдвинул её и на сантиметр: барон только что очень сытно позавтракал.

Позвали ещё двух слуг. С их помощью барону удалось наконец совершить небольшую прогулку по аллеям парка. При этом колесо тачки то и дело наскакивало на самые большие и острые камни. Эти толчки так отдавались в животе у бедного барона, что он обливался холодным потом.

— Будьте поосторожнее, тут булыжник! — крикнул он.

Фасоль и слуги стали заботливо объезжать все камни на дороге. Но из-за этого тачка угодила в яму.

— Эй вы, ротозеи, ради самого неба, объезжайте ямы! — взмолился барон.

Однако, несмотря на толчки и ушибы, он не прерывал своего излюбленного занятия и по дороге старательно обгладывал жареного индюка, приготовленного синьорой графиней Старшей ему на закуску.

Герцог Мандарин тоже причинял хозяйкам и слугам немало хлопот. Служанка синьоры графини Младшей, бедная Земляничка, с утра до вечера гладила Мандарину рубашки. Когда же она приносила выглаженное бельё, герцог делал недовольную гримасу, фыркал, всхлипывал, а потом залезал на шкаф и кричал на весь дом:

— Помогите, умираю!

Синьора графиня Младшая прибегала сломя голову:

— Милый Мандарино, что с тобой?

— Ах, у вас так плохо погладили мои рубашки, что мне остаётся только умереть! Видно, я никому, никому на свете больше не нужен!

Чтобы уговорить его остаться в живых, синьора графиня Младшая дарила Мандарину одну за другой шёлковые рубашки своего покойного мужа.

Герцог осторожно слезал со шкафа и начинал примерять рубашки.

Через некоторое время из его комнаты опять слышались крики:

— О небо, я умираю!

Синьора графиня Младшая снова мчалась к нему, хватаясь за сердце:

— Мой дорогой Мандарино, что случилось?

Герцог кричал с верхушки зеркала:

— О, я потерял самую лучшую запонку от воротничка и не хочу больше жить на свете! Это такая тяжёлая утрата!

Чтобы утихомирить герцога, графиня Младшая в конце концов подарила ему все запонки своего покойного мужа, а запонки эти были из золота, серебра и драгоценных камней.

Словом, не успело закатиться солнце, как у синьоры графини Младшей не осталось больше никаких драгоценностей, а герцог Мандарин набрал полные чемоданы подарков и самодовольно потирал руки.

Непомерная жадность обоих родственников не на шутку беспокоила и огорчала графинь, и они срывали гнев на своём племяннике, бедном Вишенке, у которого не было ни отца, ни матери.

— Дармоед! — кричала на него синьора графиня Старшая. — Сейчас же иди решать задачи!

— Да я уже всё решил...

— Решай другие! — сурово приказывала синьора графиня Младшая.

Вишенка послушно отправлялся решать другие задачи. Каждый день он решал столько задач, что исписывал несколько тетрадей, и за неделю у него накапливалась их целая гора.

В день приезда родственников графини то и дело накидывались на Вишенку:

— Что ты тут вертишься, лентяй?

— Я только хотел немножко погулять по парку...

— В парке гуляет барон Апельсин, там не место таким бездельникам, как ты. Сейчас же убирайся учить уроки!

— Да ведь я их уже выучил...

— Учи завтрашние!

Послушный Вишенка учил завтрашние уроки. Каждый день он учил столько уроков, что давно уже вызубрил на память все свои учебники и прочёл все книги из библиотеки замка. Но когда графини видели в руках у Вишенки книгу, они сердились ещё больше:

— Сейчас же положи книгу на место, озорник! Ты её порвёшь.

— Но как же мне учить уроки без книг?

— Учи наизусть!

Вишенка уходил в свою комнату и учился, учился, учился — уже без книг, разумеется. От непрестанного ученья у него начинала болеть голова, и тогда графини снова кричали на него:

— Ты вечно болеешь, потому что слишком много думаешь! Перестань думать — меньше будет расходов на лекарства.

Словом, что бы ни делал Вишенка, графини были им недовольны.

Вишенка не знал, как и ступить, чтоб не получить новой взбучки, и чувствовал себя ужасно несчастным.

Во всём замке у него был только один друг — служанка Земляничка. Она жалела этого бледного маленького мальчика в очках, которого никто не любил. Земляничка была ласкова с Вишенкой и по вечерам, когда он ложился спать, тайком приносила ему кусочек чего-нибудь вкусного.

Но в этот вечер всё вкусное съел за обедом барон Апельсин.

Герцогу Мандарину тоже хотелось сладкого. Он бросил на пол салфетку, взобрался на буфет и завопил:

— Держите меня, а не то я брошусь вниз!

Однако на этот раз вопли ему не помогли: барон преспокойно доел сладкое, не обращая никакого внимания на Мандарина.

Синьора графиня Младшая стала перед буфетом на колени и со слезами на глазах умоляла своего дорогого родственника не умирать во цвете лет. Конечно, нужно было бы пообещать ему какой-нибудь подарок, чтобы он согласился слезть, но у графини уже ничего не осталось.

В конце концов герцог Мандарин понял, что поживиться ему больше нечем, и после долгих уговоров решил спуститься вниз с помощью кавалера Помидора, который от волнения и натуги был весь в поту.

В эту самую минуту синьору Помидору и принесли весть о таинственном исчезновении домика кума Тыквы.

Кавалер не стал долго думать: он немедленно послал жалобу принцу Лимону и попросил его отрядить в деревню десятка два Лимончиков-полицейских.

* * *

Лимончики прибыли на следующий день и сразу же навели в деревне порядок: обошли все дома и арестовали тех, кто попался им под руку.

Одним из первых был арестован мастер Виноградинка. Сапожник захватил с собой шило, чтобы почёсывать на досуге затылок, и, ворча, последовал за полицейскими. Но Лимончики отобрали у него шило.

— Ты не имеешь права брать с собой в тюрьму оружие! — сказали они мастеру Виноградинке.

— А чем же мне чесать затылок?

— Когда захочешь почесаться, скажи кому-нибудь из начальства. Уж мы тебе почешем голову!

И Лимончик пощекотал сапожнику затылок своей острой саблей.

Арестовали и профессора Грушу.

Тот попросил разрешения захватить с собой скрипку и свечку.

— А зачем тебе свечка?

— Жена говорит, что в подземелье замка очень темно, а мне надо разучивать новые ноты.

Словом, были арестованы все жители деревни.

Остались на свободе только синьор Горошек, потому что он был адвокат, и Лук Порей, потому что его попросту не нашли.

А Лук Порей вовсе и не прятался: он преспокойно сидел у себя на балконе. Усы его были натянуты вместо верёвок, и на них сушилось бельё. Увидев про-

стыни, рубашки, чулки, Лимончики прошли мимо, не заметив хозяина, завешенного бельём.

Кум Тыква шёл за Лимончиками, по своему обыкновению, глубоко вздыхая.

— Чего это ты так часто вздыхаешь? — сурово спросил его офицер.

— Как же мне не вздыхать? Весь век свой я работал и только вздохи копил. Каждый день по вздоху... Сейчас у меня их набралось несколько тысяч. Нужно же их как-нибудь в дело пустить!

Из женщин арестовали только одну куму Тыквочку, а так как идти в тюрьму она отказалась, полицейские сшибли её с ног и докатили до самых ворот замка. Ведь она была такая кругленькая!

Но как ни хитры были Лимончики, а всё-таки им не удалось арестовать Чиполлино, хоть всё это время он сидел на заборе вместе с одной девочкой, которую звали Редиской, и задорно поглядывал на полицейских.

Проходя мимо, Лимончики даже спросили у него и Редиски, не видели ли они где-нибудь поблизости опасного мятежника по имени Чиполлино.

— Видели, видели! — закричали в ответ оба. — Он только что залез под треуголку вашему офицеру.

И, хохоча во всё горло, ребята удрали прочь.

В тот же день Чиполлино и Редиска отправились к замку на разведку.

Чиполлино решил во что бы то ни стало освободить пленников, и Редиска, разумеется, обещала помогать ему во всём.

ГЛАВА VII,
в которой Вишенка не обращает внимания на объявления синьора Петрушки

Замок графинь Вишен стоял на вершине холма. Его окружал огромный парк. У ворот парка висело объявление, на одной стороне которого было написано: «Вход воспрещён», а на другой: «Выход воспрещён».

Лицевая сторона объявления была предназначена для деревенских ребят, чтоб отбить у них охоту перелезать через железную ограду. А другая — оборотная — сторона была предостережением для Вишенки, чтоб ему не вздумалось как-нибудь выйти из парка и отправиться в деревню к ребятам.

Вишенка гулял по парку один-одинёшенек. Он осторожно ходил по ровным дорожкам, всё время думая о том, как бы не наступить ненароком на клумбу и не растоптать грядки. Его наставник, синьор Петрушка, развесил по всему парку объявления, в которых было указано, что Вишенке разрешается и что ему запрещается. Так, у бассейна с золотыми рыбками висела надпись:

«ЗАПРЕЩАЕТСЯ ВИШЕНКЕ ОКУНАТЬ РУКИ В ВОДУ!»

Было тут и другое объявление:

«ЗАПРЕЩАЕТСЯ РАЗГОВАРИВАТЬ С РЫБАМИ!»

В самой середине цветущей клумбы красовалась надпись:

«ЗАПРЕЩАЕТСЯ ТРОГАТЬ ЦВЕТЫ! НАРУШИТЕЛЬ БУДЕТ ОСТАВЛЕН БЕЗ СЛАДКОГО».

Было здесь даже такое предостережение:

«ТОТ, КТО ПОМНЁТ ТРАВУ, ДОЛЖЕН БУДЕТ НАПИСАТЬ ДВЕ ТЫСЯЧИ РАЗ СЛОВА: «Я — НЕБЛАГОВОСПИТАННЫЙ МАЛЬЧИК».

Все эти надписи придумал синьор Петрушка, домашний учитель и воспитатель Вишенки.

Мальчик попросил как-то у своих высокородных тёток разрешения ходить в деревенскую школу вместе с теми ребятами, которые так весело пробегали мимо замка, размахивая ранцами, словно флагами. Но синьора графиня Старшая пришла в ужас:

— Как может граф Вишня сидеть на одной парте с каким-нибудь простым крестьянином! Это немыслимо!

Синьора графиня Младшая подтвердила:

— Вишни никогда не сидели на жёсткой школьной скамье! Этого не было и никогда не будет!

В конце концов Вишенке наняли домашнего учителя, синьора Петрушку, который обладал удивительным свойством выскакивать неизвестно откуда и всегда некстати. Например, если Вишенка, готовя уроки, обратит внимание на муху, которая забралась в чернильницу, чтобы тоже поучиться писать, — сейчас же, откуда ни возьмись, появится синьор Петрушка.

Он развернёт свой огромный платок с красными и синими клетками, громко высморкается и начнёт отчитывать бедного Вишенку:

— Несдобровать тем мальчикам, которые отрываются от своих занятий и смотрят на мух! С этого начинаются все несчастья. За одной мухой — другая, за ней — третья, четвёртая, пятая... Потом эти мальчики пялят глаза на пауков, кошек, на всех прочих животных и, конечно, забывают готовить уроки. Но ведь тот, кто не учит уроков, не может стать благонравным мальчиком. Неблагонравному мальчику не бывать благонадёжным человеком. А неблагонадёжные люди рано или поздно попадают в тюрьму. Итак, Вишенка, если ты не хочешь окончить свои дни в тюрьме, не смотри больше на мух!

А если Вишенка возьмёт после уроков альбом, чтобы порисовать немножко, — глядь, синьор Петрушка опять тут как тут. Он медленно разворачивает клетчатый платок и снова заводит своё:

— Несдобровать тем мальчикам, которые теряют время на бумагомарание! Кем они станут, когда вырастут? В лучшем случае — малярами, теми грязными, плохо одетыми бедняками, которые по целым дням малюют узоры на стенах, а потом попадают в тюрьму, как того и заслуживают! Вишенка, разве ты хочешь угодить в тюрьму? Подумай, Вишенка!

Боясь тюрьмы, Вишенка прямо не знал, за что ему приняться.

Запрещается
трогать
цветы!

К счастью, иной раз синьору Петрушке случалось немного поспать или посидеть в своё удовольствие за бутылочкой виноградной водки. В эти редкие минуты Вишенка был свободен. Однако синьор Петрушка и тут ухитрялся напомнить Вишенке о себе: повсюду были развешаны его поучительные надписи. Это давало ему возможность подремать лишний часок. Отдыхая под тенистым деревом, он был уверен, что его воспитанник не теряет времени даром и, гуляя по парку, усваивает полезные наставления.

Но когда Вишенка проходил мимо этих объявлений, он обычно снимал очки. Таким образом, он не видел того, что было написано на дощечках, и мог спокойно думать, о чём хотел.

Итак, Вишенка гулял по парку, предаваясь своим мыслям. Как вдруг он услышал, что кто-то зовёт его тоненьким голоском:

— Синьор Вишенка! Синьор Вишенка!

Вишенка обернулся и увидел за оградой мальчика примерно одних с ним лет, бедно одетого, с весёлым и смышлёным лицом. За мальчиком шла девочка лет десяти. Волосы у неё были заплетены в косичку, которая была похожа на хвостик редиски.

Вишенка вежливо поклонился и сказал:

— Здравствуйте, синьоры! Я не имею чести знать вас, но знакомство с вами будет мне весьма приятно.

— Так почему же вы не подойдёте поближе?

— К сожалению, не могу: тут у нас вывешено объявление о том, что мне запрещено разговаривать с детьми из деревни.

— Да мы и есть дети из деревни, а ведь вы с нами уже разговариваете!

— А, в таком случае я сейчас к вам подойду!

Вишенка был очень благовоспитанный и застенчивый мальчик, но в решительные минуты умел действовать смело, без оглядки. Он двинулся напрямик по траве, позабыв, что топтать её запрещается, и подошёл к самой решётке ограды.

— Меня зовут Редиска, — представилась девочка. — А вот это Чиполлино.

— Очень приятно, синьорина. Весьма рад, синьор Чиполлино. Я о вас уже слышал.

— От кого же это?

— От кавалера Помидора.

— Ну, так, наверно, он ничего хорошего обо мне не сказал.

— Конечно, нет. Но именно потому я и подумал, что вы, должно быть, замечательный мальчик. И вижу, что не ошибся.

Чиполлино улыбнулся:

— Ну и чудесно! Так почему же мы так церемонимся и говорим на «вы», словно старые придворные? Давай на «ты»!

Вишенка сразу вспомнил надпись на дверях кухни, которая гласила: «Никому не говорить «ты»!» Это объявление учитель вывесил после того, как застал однажды Вишенку и Земляничку за дружеской беседой. Тем не менее Вишенка решил нарушить теперь и это правило. Он весело ответил:

— Согласен. Будем на «ты».

Редиска была ужасно довольна:

— А что я тебе говорила, Чиполлино? Видишь, Вишенка очень славный мальчик!

— Благодарю вас, синьорина, — сказал Вишенка с поклоном. Но тут же, покраснев, добавил просто: — Спасибо, Редисочка!

Все трое весело засмеялись. Сначала Вишенка улыбался лишь уголком рта, не забывая наставлений синьора Петрушки, который не раз говорил, что благовоспитанным мальчикам смеяться вслух не подобает. Но потом, услышав, как громко хохочут Чиполлино и Редиска, он тоже начал смеяться от всего сердца. Такого звонкого и весёлого хохота никогда ещё не слыхивали в замке.

Обе благородные графини в эту минуту сидели на веранде и пили чай.

Синьора графиня Старшая услышала взрывы смеха и промолвила:

— Я слышу какой-то странный шум!

Синьора графиня Младшая кивнула головой:

— Я тоже слышу какие-то звуки. Должно быть, это дождь.

— Осмелюсь заметить вам, сестрица, что никакого дождя нет, — поучительно изрекла синьора графиня Старшая.

— Нет, так будет! — решительно возразила синьора графиня Младшая и посмотрела на небо, чтобы найти там подтверждение своим словам.

Однако небо было таким чистым, словно его подмели и обмыли пять минут назад. На нём не виднелось ни одного облачка.

— Я думаю, что это шумит фонтан, — снова начала синьора графиня Старшая.

— Наш фонтан не может шуметь. Вам же известно, что в нём нет воды.

— Очевидно, садовник его починил.

Помидор тоже услышал странный шум и взволновался.

«В подземелье замка, — подумал он, — сидит много арестованных. Надо быть настороже, а то как бы чего не вышло!»

Он решил обойти парк и вдруг позади замка, там, где проходила дорога на деревню, наткнулся на всех троих ребят, которые весело болтали между собой.

Если бы разверзлось небо и оттуда на землю посыпались ангелы, кавалер Помидор не был бы так поражён.

Вишенка топчет траву! Вишенка по-приятельски беседует с двумя оборванцами!.. Да мало того: в одном из этих двух оборванцев синьор Помидор сразу же узнал мальчишку, который заставил его недавно проливать горькие слёзы!

Кавалер Помидор пришёл в бешенство. Лицо его так запылало, что если бы поблизости оказались пожарные, они бы немедленно подняли тревогу.

— Синьор граф! — завопил Помидор не своим голосом.

Вишенка обернулся, побледнел и прижался к решётке.

— Друзья мои, — прошептал он, — бегите, пока Помидор ещё далеко. Мне-то он ничего не посмеет сделать, а вам несдобровать! До свидания!

Чиполлино и Редиска помчались со всех ног, но долго ещё слышали за собой неистовые крики кавалера.

— На этот раз, — со вздохом сказала Редиска, — наш поход не удался!

Но Чиполлино только улыбнулся:

— А по-моему, сегодня очень удачный день. У нас появился новый друг, а это уже немало!

Оставшись один, этот новый друг, то есть Вишенка, ждал неминуемой головомойки, самого сурового возмездия от синьора Помидора, от синьора Петрушки, от синьоры графини Старшей, от синьоры графини Младшей, от барона Апельсина и герцога Мандарина.

Оба знатных родственника давно уже поняли, что всякий, кто изводит Вишенку, доставляет этим удовольствие его тёткам графиням, и не упускали случая кольнуть беззащитного мальчика. Ко всему этому он давно уже привык.

Но на этот раз у Вишенки стоял комок в горле, и он с трудом сдерживал слёзы. Его ничуть не пугали все эти крики, укоры, угрозы. Какое дело было ему до пронзительных визгов обеих графинь, до скучных нравоучений синьора Петрушки и беззубых насмешек герцога Мандарина! И всё-таки он чувствовал себя очень несчастным! В первый раз в жизни он нашёл друзей, впервые вдоволь наговорился и посмеялся от всего сердца — и вот теперь снова он один...

С той минуты, как Чиполлино и Редиска сбежали вниз с холма, они пропали для него навсегда. Увидит ли он их когда-нибудь? Чего бы только Вишенка не отдал, чтобы опять быть вместе с ребятами там, на свободе, где нет объявлений и запрещений, где можно бегать по траве и рвать цветы!

В первый раз в жизни Вишенка ощутил в сердце ту странную нестерпимую боль, которая называется страданием. Это было слишком много для него, и Вишенка почувствовал, что не может вынести такой муки.

Он бросился на землю и отчаянно зарыдал.

Кавалер Помидор поднял его, сунул под мышку, словно узелок, и пошёл по аллее в замок.

ГЛАВА VIII
Как прогнали из замка доктора Каштана

Вишенка проплакал целый вечер. Герцог Мандарин только и делал, что дразнил его.

— Наш юный граф весь изойдёт слезами, — говорил он. — От Вишенки разве только косточка останется!

У барона Апельсина, как это бывает у некоторых очень толстых людей, ещё сохранилось немного добродушия. Чтобы утешить Вишенку, он предложил ему кусочек своего торта. Правда, очень маленький кусочек, всего одну крошку. Но, принимая во внимание прожорливость барона, следует оценить его щедрость.

Зато обе графини не только не пытались утешить Вишенку, а даже издевались над его слезами.

— Наш племянник может заменить собой испорченный фонтан в парке! — говорила синьора графиня Старшая.

— Фонтан слёз! — смеялась синьора графиня Младшая.

— Завтра, — пригрозил Вишенке синьор Петрушка, — я заставлю тебя написать три тысячи раз: «Я не должен плакать за столом, ибо я мешаю нормальному пищеварению взрослых».

Когда наконец стало ясно, что Вишенка не собирается перестать плакать, его отправили в постель.

Земляничка пыталась, как умела, успокоить бедного мальчика, но ничто не помогало.

Девушка так огорчилась, что и сама стала плакать вместе с ним.

— Сейчас же перестань реветь, негодная девчонка, — пригрозила синьора графиня Старшая, — не то я тебя выгоню!

От горя Вишенка даже заболел. У него начался такой озноб, что под ним тряслась кровать, а от его кашля дрожали в окнах стёкла.

В бреду он всё время звал:

— Чиполлино! Чиполлино! Редиска! Редиска!

Синьор Помидор заявил, что ребёнок, видимо, заболел оттого, что его до смерти напугал опасный преступник, который бродит в окрестностях замка.

— Завтра же я прикажу его арестовать, — сказал он, чтобы успокоить больного.

— О нет, нет, пожалуйста, не надо! — всхлипывал Вишенка. — Арестуйте лучше меня, бросьте меня в самое тёмное и глубокое подземелье, но не трогайте Чиполлино. Чиполлино такой хороший мальчик, Чиполлино — мой единственный, мой настоящий друг!

Синьор Петрушка испуганно высморкался:

— Ребёнок бредит. Очень тяжёлый случай!..

Послали за самыми знаменитыми врачами.

Сначала пришёл доктор синьор Мухомор и прописал микстуру из сушёных мух. Но микстура ничуть не помогла. Тогда явился доктор Черёмуха и заявил, что сушёные мухи очень опасны при заболеваниях такого рода и что гораздо полезнее было бы обернуть больного в простыню, пропитанную соком японской черёмухи.

Дюжину простынь перепачкали соком черёмухи, но Вишенке лучше не стало.

— По-моему, — предложил доктор Артишок, — нужно обложить его сырыми артишоками!

— С колючками? — испуганно спросила Земляничка.

— Обязательно, иначе лекарство не принесёт пользы.

Стали лечить Вишенку сырыми артишоками прямо с грядки: бедный мальчик кричал и подскакивал от уколов, словно с него сдирали кожу.

— Видите, видите? — говорил, потирая руки, доктор Артишок. — У юного графа сильная реакция. Продолжайте лечение!

— Всё это вздор и чепуха! — воскликнул известный профессор, синьор Салато-Шпинато. — Какой это осёл прописал артишоки? Попробуйте лечить его свежим салатом.

Земляничка потихоньку послала за доктором Каштаном, который жил в лесу под большим каштаном. Его называли доктором бедняков, потому что он прописывал больным очень мало лекарств и платил за лекарства из собственного кармана.

Когда доктор Каштан подошёл к воротам замка, слуги не хотели его впустить, потому что он прибыл не в карете, а пешком.

— Доктор без кареты — наверняка шарлатан и проходимец, — сказали слуги и собирались уже захлопнуть дверь перед носом у доктора, когда появился синьор Петрушка.

Петрушка, как вы помните, всегда выскакивал неизвестно откуда. Но на этот раз он подвернулся кстати и приказал впустить врача.

Доктор Каштан внимательно осмотрел больного, велел показать язык, пощупал пульс, тихо задал Вишенке несколько вопросов, а потом вымыл руки и сказал очень печально и серьёзно:

Ничего не болит у больного:
Пульс в порядке, и сердце здорово,
Не больна у него селезёнка...
Одиночество губит ребёнка!

— На что вы намекаете? — грубо оборвал его Помидор.

— Я не намекаю, а говорю правду. Этот мальчик ничем не болен — у него просто меланхолия.

— Что это за болезнь? — спросила синьора графиня Старшая.

Она очень любила лечиться, и стоило ей услышать название какой-нибудь новой, неизвестной болезни, как она сейчас же находила её у себя. Ведь графиня была так богата, что расходы на докторов и лекарства её ничуть не пугали.

— Это не болезнь, синьора графиня, — это тоска, печаль. Ребёнку нужна компания, нужны товарищи. Почему вы не пошлёте его играть с другими детьми?

Ох, лучше бы уж он не говорил этого! На бедного доктора со всех сторон посыпался град упрёков и оскорблений.

— Немедленно убирайтесь вон, — приказал синьор Помидор, — не то я велю слугам вытолкать вас в шею!

— Стыдитесь! — добавила синьора графиня Младшая. — Стыдитесь, что так гнусно злоупотребили нашим гостеприимством и доверчивостью! Вы обманом проникли в наш дом. Если б я только захотела, я могла бы подать на вас в суд за самовольное и насильственное вторжение в частные владения. Не правда ли, синьор адвокат?

И она повернулась к синьору Горошку, который всегда оказывался поблизости, когда требовалась его помощь.

— Разумеется, синьора графиня! Это тягчайшее уголовное преступление!

И адвокат сейчас же пометил в своей записной книжке: «За консультацию графиням Вишням по делу о насильственном вторжении доктора Каштана в частные владения — десять тысяч лир».

ГЛАВА IX

Мышиный главнокомандующий вынужден дать сигнал к отступлению

Вы, конечно, хотите знать, что поделывают арестованные, то есть кум Тыква, профессор Груша, мастер Виноградинка, кума Тыквочка и другие жители деревни, которых кавалер Помидор приказал арестовать и бросить в подземелье замка.

К счастью, профессор Груша захватил с собой огарок свечи, зная, что в подземельях бывает очень темно и полным-полно мышей. Чтобы отогнать мышей, профессор начал играть на скрипке: мыши не любят серьёзной музыки. Услышав пронзительные звуки скрипки, они пустились наутёк, проклиная противный инструмент, голос которого так напоминал им кошачье мяуканье.

Однако в конце концов музыка вывела из себя не только мышей, но и мастера Виноградинку.

Профессор Груша был особой меланхолического темперамента и всегда играл только грустные мелодии, от которых хотелось плакать.

Поэтому все арестованные попросили скрипача прекратить игру.

Но едва только наступила тишина, мыши, как вы сами понимаете, сейчас же пошли в атаку. Двигались они тремя колоннами. Главнокомандующий — генерал Мышь-Долгохвост — руководил наступлением:

— Первая колонна заходит слева и прежде всего должна захватить свечку. Но горе тому, кто посмеет её съесть! Я — ваш генерал, и мне надлежит первому вонзить в неё зубы. Вторая колонна зайдёт справа и бросится на скрипку. Эта скрипка сделана из половинки сочной груши и, должно быть, превосходна на вкус. Третья колонна ударит в лоб и должна истребить врага.

Командиры колонн объяснили задачу рядовым мышам. Генерал Мышь-Долгохвост выехал в танке. Собственно говоря, это был не танк, а глиняный черепок, привязанный к хвостам десяти здоровенных мышей.

Трубачи протрубили атаку, и в несколько минут битва была окончена.

Однако сожрать скрипку мышам не удалось, так как профессор поднял её высоко над головой. Но свеча исчезла, как будто её ветром сдуло, и наши друзья остались в темноте.

Исчезла и ещё одна вещь, но вы узнаете потом, какая именно.

Кум Тыква был безутешен:

— Ох, и всё это из-за меня!

— Почему из-за тебя? — буркнул мастер Виноградинка.

— Кабы я не вбил себе в голову, что мне нужно иметь свой домик, с нами не стряслась бы эта беда!

— Да успокойтесь, пожалуйста! — воскликнула кума Тыквочка. — Ведь не вы же посадили нас в тюрьму!

— Я уже старик, зачем мне дом?.. — продолжал сокрушаться кум Тыква. — Я мог бы ночевать под скамейкой в парке — там я бы никому не помешал. Друзья, пожалуйста, позовите тюремщиков и скажите им, что я подарю домик кавалеру Помидору и укажу место, где мы его спрятали.

— Ты не скажешь им ни одного словечка! — рассердился мастер Виноградинка.

Профессор Груша печально пощипал струны своей скрипки и прошептал:

— Если ты откроешь тюремщикам, где спрятан твой домик, ты впутаешь в это дело и кума Чернику и...

— Ш-ш-ш! — зашипела кума Тыквочка. — Не называйте имён: здесь и у стен есть уши!

Все притихли и стали испуганно озираться по сторонам, но без свечки было так темно, что они никак не могли увидеть, есть ли у стен уши.

А уши у стен и в самом деле были. Вернее, одно ухо: круглая дырка, от которой шла труба — нечто вроде секретного телефона, передававшего всё, что говорилось в подземелье, прямёхонько в комнату кавалера Помидора. К счастью, в эту минуту синьор Помидор не подслушивал, потому что суетился у постели больного Вишенки.

В наступившей тишине снова послышались протяжные звуки трубы: мыши готовились повторить атаку. Они были полны решимости захватить скрипку профессора Груши.

Чтобы напугать их, профессор приготовился дать концерт: он приложил скрипку к подбородку, вдохновенно взмахнул смычком, и все затаили дыхание.

Ожидание длилось довольно долго; в конце концов арестованные перевели дух, а инструмент так и не издал ни звука.

— Что, не получается? — осведомился мастер Виноградинка.

— Ах, мыши отъели у меня половину смычка! — воскликнул Груша со слезами в голосе.

Действительно, смычок был весь обглодан, так что от него осталось всего несколько сантиметров. Без смычка играть, конечно, нельзя было, а мыши уже перешли в наступление, испуская грозные, воинственные клики.

— Ох, и всё это из-за меня! — вздыхал кум Тыква.

— Перестань вздыхать и помоги нам, — сказал мастер Виноградинка. — Если уж ты так хорошо умеешь вздыхать и стонать, то, наверно, умеешь и мяукать.

— Мяукать? — обиделся кум Тыква. — Удивляюсь я тебе! Серьёзный человек, а в такую минуту шутки шутишь!

Мастер Виноградинка не стал ему и отвечать, а так мастерски замяукал, что армия мышей остановилась.

— Мя-а-у! Мяу! — тянул сапожник.

— Мяу! Мяу! — жалобно вторил ему профессор, не переставая оплакивать бесславную гибель своего смычка.

— Клянусь памятью моего покойного деда, Мыша Третьего, короля всех погребов и кладовых, что они привели сюда кота! — воскликнул генерал Мышь-Долгохвост, разом затормозив свой танк.

— Генерал, нас предали! — завопил один из командиров колонн, подбежав к нему. — Моя колонна столкнулась с целой дивизией чердачных котов и кошек, вооружённых до зубов!

На самом-то деле его войска не встретили ни одного кота — они только очень испугались. А у страха, как известно, глаза велики.

Генерал Мышь-Долгохвост потёр лапкой свой хвост. Когда он бывал озабочен, то всегда тёр лапкой хвост, и от частого трения эта часть его тела так пострадала, что мыши-солдаты втихомолку называли своего командира генералом Бесхвостым.

— Памятью моего покойного предка, Мыша-Долгохвоста Первого, императора всех амбаров, клянусь, что предатели поплатятся за своё коварство! А сейчас дайте сигнал к отступлению.

Командиры не заставили его повторять приказание. Трубы заиграли отбой, и вся армия немедленно удалилась во главе с генералом Бесхвостым, который немилосердно нахлёстывал мышей, тащивших его танк. Таким образом, наши друзья мужественно отразили нападение противника.

Поздравляя друг друга с одержанной победой, они вдруг услышали, что кто-то зовёт тоненьким голоском:

— Кум Тыква! Кум Тыква!

— Это вы зовёте меня, профессор?

— Нет, — сказал Груша, — не я.

— А мне послышалось, что меня кто-то кличет.

— Кума Тыквочка, а кума Тыквочка! — снова раздался тот же голосок.

Тыквочка обернулась к мастеру Виноградинке:

— Мастер Виноградинка, это вы так пищите?

— Да что с тобой? Я вовсе не думаю пищать! Я только почёсываю затылок, потому что у меня в голове так и зудит одна мысль.

— Кума Тыквочка, да отзовитесь же! — снова послышался голос. — Это я, Земляничка!

— Да где же ты?

— Я в комнате кавалера Помидора и говорю с вами по его секретному телефону. Вы слышите меня?

— Да, слышим.

— И я вас прекрасно слышу. Помидор скоро придёт сюда. Меня просили вам кое-что передать.

— Кто просил?

— Ваш приятель, Чиполлино. Он говорит, чтобы вы не тревожились. Положитесь на него. Он уж постарается освободить вас из тюрьмы. Только не говорите синьору Помидору, где находится домик Тыквы. Не сдавайтесь! Чиполлино всё устроит.

— Мы ничего никому не скажем и будем ждать! — ответил за всех мастер Виноградинка. — Но передай Чиполлино, чтобы он поторопился, потому что нас тут осаждают мыши, и мы не знаем, сколько времени продержимся. Не можешь ли ты как-нибудь доставить нам свечу и спички? У нас был огарок, но его съели мыши.

— Подождите немного, я сейчас вернусь.

— Конечно, подождём. Куда нам деваться!

Через некоторое время снова послышался голосок Землянички:

— Ловите, я бросаю свечку!

Послышался шорох, и что-то стукнуло кума Тыкву по носу.

— Тут, тут она! — радостно закричал старик.

В пакетике была целая сальная свечка и коробок спичек.

— Спасибо, Земляничка! — закричали все хором.

— До свидания, мне надо удирать: Помидор идёт!

Действительно, в этот самый миг синьор Помидор вошёл в свою комнату. Увидев Земляничку, которая возилась около его секретного телефона, кавалер страшно обеспокоился:

— Ты что тут делаешь?

— Чищу вот эту ловушку.

— Какую ловушку?

— Вот эту... Разве это не мышеловка?

Помидор вздохнул с облегчением. «Слава богу, — подумал он, — служанка так глупа, что приняла мой секретный телефон за мышеловку!»

Он повеселел и даже подарил Земляничке бумажку от конфеты.

— Вот держи, — сказал он великодушно, — можешь облизать эту бумажку. Она сладкая, год назад в неё была завёрнута карамелька с ромом.

Земляничка поклонилась и поблагодарила кавалера:

— За семь лет службы вы дарите мне уже третью бумажку от конфет, ваша милость.

— Вот видишь! — пропыхтел Помидор. — Значит, я добрый хозяин. Веди себя хорошо, и ты будешь довольна.

— Кто волен, тот и доволен, — ответила Земляничка пословицей и, ещё раз поклонившись, убежала по своим делам.

Кавалер Помидор потёр руки, думая про себя: «Вот теперь я посижу у моего секретного телефона и послушаю, о чём болтают арестованные. Узнаю, наверно, много интересных вещей. Может быть, мне даже удастся открыть, где они прячут этот проклятый домик».

Однако заключённые, которых вовремя предупредила Земляничка, услышали, что синьор Помидор подходит к слуховому отверстию, и, решив доставить ему несколько приятных минут, принялись ругать его на все корки.

Помидора так и подмывало крикнуть: «Вот я вас!» — но в то же время ему не хотелось себя обнаруживать.

Поэтому, чтобы не слышать больше обидных слов, он счёл за лучшее улечься на покой. Перед сном он плотно заткнул тряпкой свой самодельный телефон, у которого вместо трубки была самая обыкновенная воронка, какую употребляют для розлива вина в бутылки.

А в подземелье мастер Виноградинка зажёг новую свечу.

Все посмотрели наверх и, обнаружив в углу потолка дырку от секретного телефона, всласть посмеялись над синьором Помидором, который, должно быть, лопался от злости, подслушав разговоры заключённых.

Однако веселье длилось в тюрьме недолго. Мышь-разведчик, увидев в камере свет, разнюхала, как обстоят дела, и, не тратя времени даром, помчалась с докладом к генералу Бесхвостому.

— Ваше превосходительство, — отрапортовала она весело, — коты ушли, а у людей новая свечка!

— Что? Свечка?

У Бесхвостого потекли слюнки, и он облизал усы, ещё сохранявшие запах и вкус первого огарка.

— Трубите сбор! — приказал он в ту же минуту.

Когда войско было построено, генерал Долгохвост — то есть генерал Бесхвостый — произнёс пламенную речь:

— Храбрецы! Наше подземелье в опасности. Атакуйте врага и добудьте в бою сальную свечку. Съем её, конечно, я сам, но перед этим позволю каждому из вас по очереди облизать её. Вперёд, грызуны!

Мыши запищали от восторга, подняли хвосты и снова ринулись в бой.

Но на этот раз мастер Виноградинка предусмотрительно поставил свечку в маленькое углубление в стене, между двумя кирпичами, высоко от пола. Напрасно мыши пытались вскарабкаться по гладкой, скользкой стенке — им так и не удалось добраться до свечи. Самые ловкие поглодали немножко скрипку профессора Груши. Но и этим смельчакам пришлось убраться восвояси, потому что генерал Бесхвостый, разъярённый неудачей, решил прибегнуть к строгости.

Без долгих разговоров он выстроил своё войско в шеренгу и приказал казнить каждого десятого за трусость и мародёрство.

В эту же ночь произошло неожиданное событие.

Чиполлино, Земляничка и Редиска встретились в саду у изгороди, чтобы обсудить положение, и обсуждали его с таким жаром, что ничего не замечали вокруг.

Не заметили они и пса Мастино, который совершал в это время свой сторожевой обход.

Пёс обнаружил ребят и накинулся на них как бешеный.

С девчонками-то он связываться не стал, но зато сшиб с ног Чиполлино и, навалившись ему на грудь, лаял до тех пор, пока не явился синьор Помидор и не арестовал мальчика.

Можете себе представить, как был доволен кавалер!

— Чтобы доказать тебе моё особое расположение, — говорил он, издеваясь над Чиполлино, — я засажу тебя в особую, тёмную камеру. Простая тюрьма недостойна такого негодяя, как ты.

— Сделайте одолжение! — отвечал Чиполлино не робея.

Да и мог ли он ответить иначе? Или, может быть, вы полагаете, что ему следовало заплакать и попросить пощады?

Нет, Чиполлино был из той честной луковой семьи, которая кого угодно может заставить плакать, а сама не заплачет ни при каких обстоятельствах.

ГЛАВА X
Путешествие Чиполлино и Крота из одной тюрьмы в другую

Ночью Чиполлино проснулся. Ему почудилось, будто кто-то постучал в дверь. «Кто бы это мог быть? — подумал он. — Может быть, этот стук мне только приснился?»

Пока Чиполлино раздумывал, что же именно могло его разбудить, шум послышался снова. Это был какой-то глухой равномерный гул, словно кто-то неподалёку работал киркой.

«Кто-то роет подземный ход», — решил Чиполлино, приложив ухо к той стене, откуда доносился шум.

Едва успел он прийти к такому выводу, как вдруг со стенки посыпалась земля, потом отвалился кирпич и вслед за кирпичом кто-то впрыгнул в подземелье.

— Куда это, чёрт возьми, я попал? — раздался глухой голос.

— В мою камеру, — отвечал Чиполлино, — то есть в самое тёмное подземелье замка графинь Вишен. Извините, что в этой проклятой тьме я не могу рассмотреть вас и поздороваться с вами как следует.

— А вы кто такой? Извините, но я привык к темноте, а здесь для меня слишком светло. Я при свете ничего не вижу.

— Вот как? Значит, вы — Крот?

— Совершенно верно, — ответил Крот. — Я уже давно хотел прорыть ход в этом направлении, но никак не мог улучить для этого свободную минутку. Ведь мои галереи тянутся на десятки километров под землёй. Их надо осматривать, ремонтировать, чистить. То и дело просачивается вода — из-за этого у меня постоянный насморк. А тут ещё эти несносные червяки, которые лезут куда попало и не умеют уважать чужой труд! Вот я и откладывал это дело с недели на неделю. Но сегодня утром я сказал себе: «Синьор Крот, если вы и в самом деле любознательны и хотите увидеть мир, то настало время прорыть новый коридор». Ну, я и пустился в путь...

Но тут Чиполлино прервал рассказ синьора Крота и счёл необходимым представиться ему:

— Меня зовут Чиполлино, что значит «луковка». Я пленник кавалера Помидора.

— Не утруждайте себя объяснениями, — сказал Крот. — Я вас сразу же узнал по запаху. Мне вас искренне жаль. Вы принуждены днём и ночью оставаться в таком чертовски светлом месте, а ведь это, должно быть, настоящая пытка!

— Я-то нахожу это место довольно-таки тёмным...

— Вы шутите! Но мне вас чрезвычайно жаль. Да, люди злы. Я так считаю: уж если вы хотите заключить кого-нибудь в темницу, так пусть это будет и в самом деле тёмное место, где глаза могут по-настоящему отдохнуть.

Чиполлино понял, что нет никакого смысла заводить спор по поводу света и тьмы с Кротом, который, привыкнув к мраку своих галерей, естественно, имел по этому вопросу совершенно особое мнение.

— Да, я должен признаться, что свет и мне очень досаждает, — притворно вздохнул Чиполлино.

— Вот видите! А что я вам говорил!

Крота очень растрогали слова Чиполлино.

— Если бы вы были поменьше... — начал он.

— Я? Да разве я большой? Уверяю вас, что я вполне пролезу в любую кротовую дырку, то есть норку.

— Может быть, может быть, юноша. Только сделайте милость, не называйте мои галереи норками или дырками. Так вот, может быть, мне удастся вывести вас отсюда.

— Я легко могу пролезть в ту галерею, которую вы только что выкопали, — сказал Чиполлино. — Только, пожалуйста, идите первым, потому что я боюсь заблудиться. Я слышал, что ваши галереи очень запутанные.

— Возможно, — ответил Крот. — Мне надоедает ходить всегда одной и той же дорогой. Хотите, выроем новый ход?

— А в какую сторону? — спросил Чиполлино.

— Да в какую хотите, — ответил Крот. — Только бы добраться до тёмного места и не угодить в такую же ослепительно светлую пещеру, как эта, будь она проклята!

Чиполлино сразу же подумал о темнице, в которой томились Тыква, Виноградинка и прочие. Вот удивятся они, если он проберётся к ним подземным ходом!

— Я думаю, нужно рыть вправо, — предложил он Кроту.

— Вправо или влево — мне всё равно. Если вы так предпочитаете, пойдём направо.

И, недолго думая, Крот уткнулся головой в стенку и принялся так быстро рыть нору, что осыпал Чиполлино сырой землёй с головы до ног.

Мальчик поперхнулся и закашлялся на добрые четверть часа. Перестав наконец кашлять и чихать, он услышал голос Крота, который нетерпеливо звал его:

— Что же, молодой человек, идёте вы за мной или нет?

Чиполлино протиснулся в прорытую Кротом галерею, которая оказалась достаточно широкой, чтобы он мог без особых усилий двигаться вперёд.

Крот уже прорыл несколько метров, работая с молниеносной быстротой.

— Я здесь, я здесь, синьор Крот! — бормотал Чиполлино, отплёвываясь и заслоняясь руками от комьев земли, которые всё время летели ему в рот из-под лап Крота.

Однако, прежде чем пойти за Кротом, Чиполлино успел заделать дырку в стене своей тюрьмы.

«Когда Помидор обнаружит мой побег, — подумал он, — пускай он не знает, в какую сторону я удрал».

— Как вы себя чувствуете? — спросил Крот, продолжая работать.

— Спасибо, великолепно, — отвечал Чиполлино. — Здесь такая непроглядная, беспросветная тьма!

— Я же вам говорил, что вы сразу почувствуете себя лучше! Хотите, остановимся на минуточку? Впрочем, я бы предпочёл продолжать путь, потому что немного тороплюсь. Но, может быть, с непривычки вам трудно так быстро передвигаться по моим галереям?

— Нет, нет, пойдём дальше! — ответил Чиполлино, рассчитывая, что при такой скорости они раньше доберутся до подземелья, где находятся его друзья.

— Прекрасно! — И Крот стал быстро пробираться вперёд.

Чиполлино с трудом поспевал за ним.

А через четверть часа после побега Чиполлино дверь его камеры открылась.

В темницу, насвистывая весёлую песенку, вошёл синьор Помидор.

С каким злорадством предвкушал эту минуту храбрый кавалер! Когда он спускался в подземелье, ему казалось, что он стал легче по крайней мере килограммов на двадцать.

«Чиполлино в моих руках, — самодовольно думал он. — Я заставлю его во всём признаться, а потом повешу. Да, да, повешу! После этого я выпущу мастера Виноградинку и остальных дурней — их-то мне бояться нечего. А вот и дверь камеры, где сидит мой арестант... Ах, как мне приятно думать об этом маленьком негодяе, который, должно быть, уже все слёзы выплакал за

это время! Он, конечно, бросится к моим ногам и будет умолять о прощении. Я готов поклясться, что он будет лизать мне башмаки. Что ж, я позволю ему поваляться у меня в ногах и даже подам ему некоторую надежду на спасение, а потом объявлю приговор: «Смерть через повешение!»

Однако когда кавалер Помидор отпер большим ключом дверь и зажёг карманный фонарик, то не нашёл и следа преступника. Камера была пуста, совершенно пуста!

Помидор не верил своим глазам. Тюремщики, стоявшие рядом с ним, увидели, что он покраснел, пожелтел, позеленел, посинел и, наконец, почернел от злости.

— Куда же этот мальчишка мог скрыться? Чиполлино, где ты, негодяй этакий, прячешься?

Вопрос был довольно праздный. В самом деле: куда бы мог спрятаться Чиполлино в тесной камере, где были

только голые, гладкие стены, скамейка и кувшин с водой?

Кавалер Помидор заглянул под скамейку, посмотрел в кувшин с водой, на потолок, исследовал пол и стены сантиметр за сантиметром, но всё было напрасно: пленник исчез, словно испарился.

— Кто выпустил его? — грозно спросил Помидор, повернувшись к Лимончикам.

— Не знаем, синьор кавалер! Ведь ключ-то у вас, — осмелился заметить начальник стражи.

Помидор почесал затылок: действительно, ключ был у него.

Чтобы разгадать тайну, он решил сесть на скамейку.

Сидя легче думать, чем стоя. Но и в сидячем положении он ничего не мог придумать.

Вдруг внезапный порыв ветра захлопнул дверь.

— Откройте, бездельники! — завизжал Помидор.

— Ваша милость, это невозможно. Вы слышали, как щёлкнул замок?

Кавалер Помидор попробовал открыть дверь ключом. Но замок был так устроен, что отпирался только снаружи.

В конце концов синьор Помидор убедился, что посадил самого себя в тюрьму, и едва не лопнул от бешенства.

Он опять почернел, посинел, позеленел, покраснел, пожелтел и стал грозить, что расстреляет немедленно всех тюремщиков, без исключения, если они в два счёта не освободят его.

Короче говоря, для того чтобы открыть дверь, надо было взорвать её динамитом. Так и сделали. От сотрясения синьор Помидор полетел вверх тормашками, и его засыпало землёй с головы до ног. Лимончики кинулись откапывать кавалера и после долгих усилий вытащили его, облепленного грязью, словно картофелину из борозды. Потом его понесли наверх, отряхнули и стали осматривать, целы ли у него голова, нос, ноги, руки.

Голова у Помидора была цела, зато нос и в самом деле изрядно пострадал. Ссадину залепили пластырем, и кавалер тотчас же улёгся в постель. Ему было стыдно показаться на глаза людям с этой нашлёпкой на носу.

Чиполлино и Крот были уже очень далеко, когда услышали отголосок взрыва.

— Что бы это могло быть?.. — спросил мальчик.

— О, не беспокойтесь, — объяснил ему Крот, — это, наверно, военные манёвры! Принц Лимон считает себя великим полководцем и не успокоится до тех пор, пока не затеет какую-нибудь войну, хотя бы и не всамделишную.

Усердно роя подземный коридор, Крот не переставал расхваливать темноту и бранить свет, который он ненавидел от всей души.

— Однажды, — сказал он, — мне довелось взглянуть одним глазом на свечку... Клянусь, я убежал со всех ног, когда узнал, что это за штука!

— Ещё бы! — вздохнул Чиполлино. — Иные свечки горят очень ярко.

— Да нет, — ответил Крот, — эта свечка не горела! К счастью, она была потушена. Но что бы со мной было, если бы её зажгли!

Чиполлино удивился, как это может повредить зрению потушенная свеча, но в этот миг Крот внезапно остановился.

— Я слышу голоса! — сказал он.

Чиполлино насторожился: до него донёсся отдалённый говор, хоть он и не мог ещё различить отдельные голоса.

— Слышите? — сказал Крот. — Где человечьи голоса, там, конечно, и люди. А где люди, там и свет. Лучше пойдём в другую сторону!

Чиполлино снова прислушался и на этот раз отчётливо услышал знакомый голос мастера Виноградинки. Он только не мог разобрать, что именно сапожник говорит.

Мальчику захотелось закричать во всё горло, чтоб его услышали, узнали, но он тут же подумал: «Нет, пускай Крот пока ещё не знает, что это мои друзья. Сначала надо убедить его прорыть ход в подземелье — иначе он может заупрямиться, и все мои планы рухнут».

— Синьор Крот, — осторожно начал Чиполлино, — я слышал об одной очень-очень тёмной пещере, которая, по моим расчётам, должна находиться именно здесь, в этих местах.

— Темней, чем моя галерея? — спросил Крот с явным сомнением.

— Гораздо темнее! — решительно сказал Чиполлино. — Вероятно, люди, голоса которых мы слышим, пришли в эту пещеру для того, чтобы дать отдых своим усталым глазам.

— Хм... — пробурчал Крот. — Тут что-то не так... Но уж если вам очень хочется побывать в этой пещере, пусть будет по-вашему. На ваш страх и риск, разумеется!

— Пожалуйста, синьор Крот! Я буду вам чрезвычайно признателен! — попросил Чиполлино. — А вы познакомитесь с новой пещерой. Век живи — век учись, не так ли?

— Ну, ладно, — согласился Крот. — Но если у меня заболят глаза от слишком яркого света, вам же будет хуже!

Через несколько минут голоса прозвучали уже совсем близко. Чиполлино ясно расслышал, как тяжко вздыхает кум Тыква:

— Ох, это я во всём виноват!.. Я... Ах, если бы пришёл Чиполлино и выручил нас из беды!

— Если я не ошибаюсь, — сказал Крот, — там назвали ваше имя!

— Моё имя? — переспросил Чиполлино, будто бы ничего не понимая. — Не может быть! Я не слышу, о чём там говорят.

Но тут раздался голос мастера Виноградинки:

— Чиполлино дал слово, что придёт освободить нас, — значит, он непременно придёт. Я ничуть в этом не сомневаюсь.

Крот стоял на своём:

— Слышите? Про вас говорят, про вас! Нет, нет, не уверяйте меня, что вы не расслышали! Скажите лучше, с какими намерениями вы заставили меня прийти сюда?

— Синьор Крот, — признался Чиполлино, — может быть, и в самом деле было бы лучше, если бы я с самого начала сказал вам всю правду! Но позвольте мне хоть сейчас рассказать вам, в чём дело. Голоса, которые вы слышите, доносятся из темницы замка графинь Вишен. Там томятся в неволе мои друзья, которых я обещал освободить.

— И вы решили сделать это с моей помощью?

— Вот именно. Синьор Крот, вы были настолько добры, что уже прорыли такой длинный коридор! Не согласитесь ли вы поработать ещё немножко, чтоб освободить моих друзей?

Крот подумал немного и сказал:

— Хорошо, я согласен. Мне, в сущности, всё равно, в каком направлении рыть землю. Так и быть, я вырою галерею и для ваших друзей.

Чиполлино с удовольствием расцеловал бы старого Крота, но всё лицо у мальчика было так залеплено землёй, что он и сам не знал, где у него, собственно говоря, рот.

— От всего сердца благодарю вас, синьор Крот! До самой смерти буду вам признателен!

— Ладно уж... — пробормотал растроганный Крот. — Не будем терять время на болтовню и поскорее доберёмся до ваших друзей.

Он снова принялся за работу и через несколько секунд пробуравил стену подземелья. Однако, к несчастью, в тот самый миг, когда Крот пролез в камеру, мастер Виноградинка зажёг спичку, чтобы посмотреть, который час.

Вспышка света произвела такое впечатление на бедного Крота, что он тут же попятился к выходу и пропал во мраке.

— До свидания, синьор Чиполлино! — прокричал он на прощание. — Вы хороший паренёк, и я искренне хотел помочь вам. Но вы обязаны были предупредить меня, что нас встретят таким ослепительным светом. Вы не должны были обманывать меня на этот счёт!

Он удрал так быстро и стремительно, что своды только что прорытой галереи обрушились за ним, стены её осели, и весь коридор засыпало землёй.

Вскоре Чиполлино перестал слышать голос Крота. Он печально попрощался с ним, пробормотав про себя:

«До свидания, старый, добрый Крот! Мир тесен — может быть, мы ещё встретимся когда-нибудь, и я попрошу прощения за то, что обманул вас!»

Расставшись таким образом со своим товарищем по путешествию, Чиполлино вытер, насколько это было возможно, лицо платком и вбежал к своим приятелям, весёлый и беспечный, словно пришёл на праздник.

— Добрый день, друзья мои! — закричал он звонким голосом, который прозвучал в подземелье, как труба.

Вообразите себе радость заключённых! Они бросились к Чиполлино в объятия и стали осыпать его поцелуями. В один миг очистили они его от всей грязи, которая на него насела. Кто обнимал его, кто дружески щипал, кто хлопал по плечу.

— Тише, тише, — уговаривал их Чиполлино, — вы меня на куски разорвёте!

Не сразу успокоились друзья. Но их радость перешла в отчаяние, когда Чиполлино рассказал им о своих злоключениях.

— Значит, и ты, брат, в плену, как мы? — спросил мастер Виноградинка.

— Выходит, что так! — ответил Чиполлино.

— Но ведь, когда явится стража, она тебя найдёт?

— Ну, это необязательно, — сказал Чиполлино. — Я всегда могу забраться в скрипку профессора Груши. Ведь я, к счастью, невелик ростом.

— Ой, но кто же нас отсюда выведет! — прошептала кума Тыквочка.

— И всё это по моей вине! — тяжело вздохнул кум Тыква. — И всё из-за меня!..

Чиполлино хотел было приободрить приунывшую компанию, но все его усилия ни к чему не привели. Да и у самого у него, как говорится, на сердце кошки скребли в эту минуту.

ГЛАВА XI,

из которой видно, что кавалер Помидор имеет обыкновение спать в чулках

Разумеется, синьор Помидор скрыл от всех, что Чиполлино сбежал. Лимончикам, которые побывали с ним в подземелье, он велел помалкивать. Если же кто-нибудь спросит — отвечать, что преступника перевели в общую камеру. А чтобы никто не увидел нашлёпки у него на носу, кавалер не вставал с постели и никого не принимал. Земляничка во все глаза следила за ним, но ей никак не удавалось узнать, где же прячет Помидор ключи от подземелья.

Наконец она решилась посоветоваться с Вишенкой, который, как вы знаете, всё ещё болел и безутешно плакал. Но едва только Земляничка рассказала ему, что произошло, Вишенка вытер слёзы и вскочил на ноги:

— Чиполлино в тюрьме? Он не должен оставаться в тюрьме ни одной минуты!.. Дай-ка мне поскорей мои очки!

— Что ты хочешь делать?

— Я освобожу его, — решительно заявил Вишенка. — Его и всех остальных!

— Но как же ты достанешь ключи у Помидора?

— Утащу. Ты только приготовь хороший шоколадный торт и подсыпь в него немного сонного порошка, который найдёшь у моих тёток. Синьор Помидор очень любит шоколад, и, когда он заснёт, ты мне дай знать. А пока я побегу и поразведаю, как идут дела.

Земляничка не верила своим глазам. Откуда взялась у хрупкого и нежного Вишенки такая смелость и решительность!

— Как он изменился! Батюшки мои, как он изменился! — шептала она.

То же самое сказали все, кто встретил Вишенку в этот день. Обе графини, синьор Петрушка и герцог Мандарин с удивлением смотрели на мальчика.

— Но он совсем выздоровел! — воскликнула графиня Старшая, увидев, как блестят у него глаза и горят щёки.

— Я же вам говорил, что он вовсе и не был болен! — заявил герцог. — Он попросту притворялся.

Графиня Младшая поспешила согласиться со своим капризным кузеном, а то бы он, чего доброго, опять взобрался на шкаф и пригрозил покончить с собой, если его не умилостивят каким-нибудь подношением.

Между тем Вишенка выведал у одного из Лимончиков, что Чиполлино бежал из тюрьмы. Это его очень порадовало. Однако он решил не успокаиваться до тех пор, пока не освободит остальных пленников.

— Друзья Чиполлино — и мои друзья! — сказал он и сейчас же приступил к делу.

Разговорившись с тюремщиками, он выпытал у них, что синьор Помидор носит ключи от подземелья в особом кармашке, подшитом к изнанке чулка.

«Ну, дело плохо, — подумал Вишенка. — Ведь всем известно, что Помидор всегда ложится спать в чулках. Значит, нужно усыпить его до бесчувствия, чтобы можно было вытащить из чулка ключ, не разбудив кавалера».

И он попросил Земляничку подсыпать в торт двойную порцию сонного порошка.

Когда наступила ночь, служанка принесла кавалеру чудесный мармеладно-шоколадный торт. Синьор Помидор обрадовался и проглотил его в один миг.

— Тебе не придётся жаловаться на твоего хозяина, — обещал он ей. — Когда я поправлюсь, я непременно подарю тебе бумажку от шоколадки, которую я съел в прошлом году. Она очень ароматная и сладкая, эта бумажка!

Земляничка в знак благодарности низко поклонилась кавалеру, а когда она выпрямилась, Помидор уже храпел, как целый оркестр, состоящий из контрабасов и флейт.

Земляничка сбегала за Вишенкой. Держась за руки, они на цыпочках пустились в путь по коридорам замка, направляясь к спальне кавалера. Они прошли мимо комнаты герцога Мандарина, который до поздней ночи упражнялся в прыжках. Для того чтобы совершать головокружительные прыжки, когда нужно выклянчить что-нибудь у синьоры графини Младшей, требовалась хорошая тренировка.

Посмотрев по очереди в замочную скважину, Земляничка и Вишенка увидели, что герцог, как ошалевшая кошка, прыгает со шкафа на люстру, со спинки кровати на зеркало и необыкновенно быстро карабкается вверх по портьерам. За короткое время он стал настоящим акробатом.

В комнате синьора Помидора было светло: Земляничка оставила ставни открытыми, так что в окно лился яркий свет луны.

Кавалер по-прежнему громко храпел. В эту минуту ему снилось, будто Земляничка принесла ему ещё один шоколадный торт величиной по крайней мере с велосипедное колесо.

Но только хотел он приняться за еду, как в комнату ворвался барон Апельсин и потребовал, чтобы синьор Помидор отдал ему добрую половину торта. Защищая свои права, кавалер вытащил шпагу. В конце концов барон отступил, нещадно нахлёстывая бедного тряпичника, который обливался потом под тяжестью тачки. Синьор Помидор снова принялся было за торт, но на смену барону Апельсину явился герцог Мандарин, который взобрался на верхушку очень высокого тополя и завопил: «Дайте, дайте мне половину торта — или я брошусь отсюда на землю вниз головой!»

Словом, сон Помидора был очень тревожен: знакомые и незнакомые люди хотели во что бы то ни стало отнять у него злосчастный торт, а потом и сам этот проклятый торт принёс кавалеру одно только горькое разочарование: из шоколадного он почему-то превратился вдруг в картонный. Синьор Помидор вонзил в него зубы, ничего не подозревая, и рот у него наполнился картоном — жёстким, клейким и безвкусным.

В то время как синьора Помидора одолевали эти тревожные сновидения, Земляничка осторожно сняла с его ноги чулок, а Вишенка вытащил из чулка связку ключей.

— Дело сделано! — прошептал он на ухо Земляничке.

Девочка посмотрела на своего спящего хозяина:

— Ох и обозлится же синьор Помидор, когда проснётся и узнает, что с ним проделали!

— Бежим, пока он не проснулся!

— Да нет, этого опасаться нечего. Я насыпала столько сонного порошка, что его хватило бы по крайней мере на десять человек!

Они потихоньку вышли из комнаты, закрыли дверь и бросились бежать вниз по лестнице, едва переводя дух.

Вдруг Вишенка остановился и прошептал:

— А стража?

В самом деле, об этом они не подумали.

Земляничка засунула палец в рот: это ей всегда помогало в трудные минуты. Пососёшь палец — и в голову тебе придёт дельная мысль.

— Придумала! — сказала она наконец. — Я зайду за угол дома и начну изо всех сил звать на помощь, будто на меня напали разбойники. А ты вызови тюремную стражу и пошли её ко мне на выручку. Ну а как только останешься один, поверни вот этот ключ два раза, и дверь камеры откроется.

Так они и сделали. Обман удался на славу. Земляничка кричала «караул» так отчаянно, что, кажется, и деревья готовы были вырвать из земли свои корни, чтобы кинуться ей на помощь. Тюремщики переполошились и помчались на шум, как борзые за зверем.

— Скорее, скорее, ради самого бога! Там бандиты, бандиты! — кричал им вслед Вишенка.

Оставшись один, он сунул ключ в скважину, отпер тяжёлую дверь и проник в подземелье. Каково же было его удивление, когда среди заключённых он увидел своего приятеля Чиполлино!

— Ты здесь, Чиполлино! Так ты, значит, не бежал?

— Я тебе потом всё расскажу, Вишенка, а сейчас нам нельзя терять время.

И правда, беглецам надо было торопиться.

— Сюда! Сюда! — задыхаясь, говорил Вишенка, указывая друзьям тропинку, которая вела прямо в лес. — Не беспокойтесь, тюремщики вас не увидят — они побежали в противоположную сторону.

Куму Тыквочку, которая была слишком толста, чтобы бежать достаточно быстро, покатили по дорожке, как настоящую тыкву.

Чиполлино на минуту отстал от товарищей и горячо поблагодарил Вишенку, у которого глаза блестели от слёз.

— Ты молодец! — сказал ему Чиполлино. — Я не верил, что ты в самом деле болен, и не раз хотел пробраться к тебе, пока был на свободе.

— Беги, беги скорей, а то они тебя схватят!

— Ладно, бегу, но мы скоро с тобой опять увидимся. Обещаю тебе, что мы ещё доставим Помидору немало неприятных минут!

В два прыжка догнал он своих приятелей и помог им катить вперёд куму Тыквочку. А Вишенка поспешил в замок, чтобы положить ключи на место, то есть в правый чулок синьора Помидора.

Но что же было в это время с тюремной стражей, которая побежала спасать Земляничку от бандитов?

Тюремщики застали Земляничку в слезах. До их прихода она разорвала на себе передник и расцарапала лицо, чтобы они поверили, будто на неё и в самом деле напали бандиты.

— В какую сторону они удрали? — спросили Лимончики, задыхаясь от быстрого бега.

— Вон туда! — отвечала Земляничка, указывая на дорогу, ведущую в деревню.

Тюремщики помчались по этой дороге. Два или три раза обежали они всю деревню и, не найдя никого на улице, в конце концов арестовали одного деревенского Кота, несмотря на его решительные протесты.

— Не понимаю! — мяукал Кот, негодуя. — Кажется, мы живём в свободной стране, и вы не имели никакого права арестовывать меня. Да, кроме того, вы явились в тот самый момент, когда мышь, которую я сторожу уже два часа подряд, наконец-таки решилась выйти из своей норки.

— В тюрьме вы найдёте сколько угодно мышей, — ответил начальник стражи.

Через полчаса Лимончики вернулись в замок. Можете себе представить, что с ними сделалось, когда они нашли тюрьму пустой!

Они поскорее заперли Кота в камеру, побросали сабли и ружья и разбежались кто куда, опасаясь гнева кавалера Помидора.

Кавалер проснулся утром и первым делом посмотрел в зеркало.

«Нос в порядке, — сказал он самому себе. — Можно снять пластырь и отправиться в подземелье допрашивать пленных».

По дороге он захватил с собой синьора Горошка, как знатока уголовных законов королевства, и синьора Петрушку, чтобы тот записывал показания арестованных.

Все трое с важным видом, какой подобает представителям закона, гуськом спустились в подземелье. Помидор вытащил из правого чулка ключи, открыл тяжёлую дверь, но с такой поспешностью отскочил назад, что сшиб с ног синьора Петрушку, который стоял у него за спиной. Из камеры неслись жалобные стоны. «Мяу! Мяу!» — пронзительно мяукал деревенский Кот, корчась от невыносимых страданий.

— Что вы тут делаете? — спросил синьор Помидор у Кота, всё ещё дрожа от испуга.

— Ах, у меня живот болит! — горько жаловался Кот. — Пожалуйста, отнесите меня в амбулаторию или, по крайней мере, пришлите ко мне доктора!

Оказалось, что Кот всю ночь охотился на мышей и так объелся, что изо рта у него торчало не менее двухсот мышиных хвостов.

Кавалер выпустил Кота на свободу и дал ему разрешение в любое время возвращаться в тюрьму для охоты за мышами. На прощание он сказал Коту:

— Если вы будете так любезны и сохраните хвосты съеденных вами мышей как вещественное доказательство вашей полезной деятельности, то администрация замка назначит вам небольшую пенсию, по стольку-то за хвост.

После этого Помидор немедленно послал правителю королевства — принцу Лимону телеграмму, в которой говорилось:

«В замке графинь Вишен беспорядки, соблаговолите командировать батальон Лимончиков. Желательно личное присутствие вашего высочества. Помидор».

ГЛАВА XII,
в которой Лук Порей был награждён и наказан

На следующее же утро принц Лимон вступил в деревню во главе сорока придворных Лимонов и целого батальона Лимончиков. Как вы уже знаете, при дворе принца Лимона все носили на шапочках колокольчики. Когда придворные и войска двигались по дороге, слышалась такая музыка, что коровы переставали жевать траву, полагая, что пригнали новое стадо коров.

Услышав звон, Лук Порей, который как раз в эту минуту расчёсывал усы перед зеркалом, прервал своё дело на середине и высунулся из окна. Тут-то его и заприметили.

Лимончики ворвались к нему в дом, арестовали его и повели в тюрьму с одним усом, торчащим вверх, а другим, поникшим вниз.

— Позвольте мне, по крайней мере, причесать и левый ус! — просил Лук Порей у стражников, пока они вели его в тюрьму.

— Молчать! Не то мы отрежем тебе сначала левый, а потом и правый ус и таким образом избавим тебя от необходимости их причёсывать.

Лук Порей умолк, боясь потерять своё единственное достояние.

Был арестован также и адвокат Горошек. Он долго визжал, отбивался и сыпал слова, как горох:

— Это ошибка! Я здешний адвокат и служу у кавалера Помидора. Это простое недоразумение! Немедленно выпустите меня на свободу!

Но всё было напрасно — словно об стенку горох.

Солдаты-Лимончики расположились в парке.

Некоторое время они развлекались тем, что читали объявления синьора Петрушки, а затем, чтобы не скучать, стали топтать траву и цветы, удить золотых рыбок, стрелять в цель по стёклам оранжереи и придумывать другие забавы в том же роде.

Графини бегали от одного начальника к другому и рвали на себе волосы:

— Умоляем вас, синьоры, прикажите вашим людям угомониться! Они нам разорят весь парк!

Но начальники и слушать их не хотели.

— Нашим храбрецам, — заявили они, — нужны развлечения после военных подвигов. Вы должны быть благодарны им за то, что они охраняют ваш покой.

Графини заикнулись было о том, что арест Лука Порея и синьора Горошка — не такой уж большой подвиг.

Тогда офицер пригрозил:

— Прекрасно! В таком случае мы велим арестовать также и вас. За то они и получают жалованье, чтобы сажать в тюрьму всех недовольных!

Графиням осталось лишь убраться прочь и обратиться с жалобой к самому принцу Лимону. Принц расположился в замке со всеми своими сорока придворными, заняв, разумеется, самые лучшие комнаты и бесцеремонно вытеснив оттуда кавалера Помидора, барона, герцога, синьора Петрушку и даже самих графинь.

Барон Апельсин был очень озабочен.

— Вот увидите, — говорил он шёпотом, — эти Лимоны и Лимончики съедят у нас всю провизию, и мы умрём с голоду. Они пробудут здесь, пока в замке ещё есть припасы, а потом уйдут, оставив нас на произвол судьбы. Ах, это такое несчастье! Это настоящая катастрофа!

Правитель велел привести Лука Порея и учинить ему допрос.

Синьор Петрушка, хорошенько высморкавшись в свой клетчатый платок, принялся записывать ответы подсудимого, а кавалер Помидор уселся рядом с правителем, чтобы подсказывать ему на ухо, как вести допрос.

Дело в том, что принц Лимон, хоть и носил на голове золотой колокольчик, был не очень-то смышлён, а кроме того, отличался рассеянностью. Вот и теперь, едва пленника ввели в комнату, он воскликнул:

— Ах, какие у него великолепные усы! Клянусь, что во всех подвластных мне землях я никогда не видел таких красивых, длинных и хорошо расчёсанных усов!

Надо сказать, что Лук Порей только и делал в тюрьме, что приглаживал да расчёсывал свои усы.

— Благодарю вас, ваше высочество! — сказал он скромно и вежливо.

— Посему, — продолжал правитель, — мне угодно наградить его орденом Серебряного Уса. Сюда, мои Лимоны!

Придворные немедленно явились на зов.

— Принесите-ка мне корону кавалера ордена Серебряного Уса!

Принесли корону, которая представляла собой пышный ус, обвивающийся, как венок, вокруг головы. Разумеется, ус был сделан из чистого серебра.

Лук Порей растерялся: он думал, что его позвали на допрос, а вместо этого удостоили такой высокой почести.

Почтительно склонился он перед правителем, и принц собственноручно надел ему на голову корону, обнял его и поцеловал в оба уса — сначала в правый, а потом в левый. Затем принц встал и собрался уходить, потому что был очень рассеян и полагал, что сделал своё дело.

Тогда кавалер Помидор наклонился и пробормотал ему на ухо:

— Ваше высочество, почтительнейше напоминаю вам, что вы пожаловали кавалерское звание отъявленному преступнику.

— С того момента, как я произвёл его в кавалеры, — спесиво ответил принц Лимон, — он более не преступник. Тем не менее давайте допросим его.

И, вернувшись к Луку Порею, принц спросил, известно ли ему, куда бежали пленные. Лук Порей сказал, что ничего не знает. Потом его спросили, знает ли он, где спрятан домик кума Тыквы, и Лук Порей снова ответил, что ему ничего не известно.

Синьор Помидор пришёл в ярость:

— Ваше высочество, этот человек лжёт! Я предлагаю подвергнуть его пытке и не отпускать до тех пор, пока он не откроет нам истину — всю истину, и только истину!

— Прекрасно, прекрасно! — поддакнул принц Лимон, потирая руки.

Он уже совершенно забыл, что несколько минут до того наградил Лука Порея орденом, и обрадовался случаю подвергнуть человека пытке, потому что очень любил присутствовать при самых жестоких истязаниях.

— С какой же пытки мы начнём? — спросил палач, явившийся к принцу со всеми своими орудиями: топором, щипцами, а также с коробкой спичек.

Спички для того, чтобы разжечь костёр.

— Вырвите-ка у него усы! — приказал правитель. — Вероятно, он дорожит ими больше всего на свете.

Палач принялся тянуть Лука Порея за усы, но они были так прочны, так закалились от тяжести белья, что палач только понапрасну трудился и обливался потом: усы не отрывались, а Лук Порей не чувствовал ни малейшей боли.

В конце концов палач до того устал, что упал без памяти. Лука Порея отвели в потайную камеру и забыли о нём. Ему пришлось питаться сырыми мышами, и усы у него так отросли, что стали завиваться тройными кольцами.

После Лука Порея вызвали на допрос синьора Горошка. Адвокат бросился к ногам правителя и стал целовать их, униженно умоляя:

— Простите меня, ваше высочество, я невиновен!

— Плохо, очень плохо, синьор адвокат! Если бы вы были виновны, я бы вас сейчас же освободил. Но если вы ни в чём не виноваты, то ваше дело принимает весьма дурной оборот. Постойте, постойте... А вы можете сказать нам, куда бежали пленные?

— Нет, ваше высочество, — ответил синьор Горошек, весь дрожа: он и в самом деле этого не знал.

— Вот видите! — воскликнул принц Лимон. — Как же вас освободить, если вы ничего не знаете?

Синьор Горошек бросил умоляющий взгляд на синьора Помидора. Но кавалер притворился, будто очень занят своими мыслями, и устремил взор в потолок.

Синьор Горошек понял, что всё пропало. Но отчаяние его сменилось настоящим бешенством, когда он увидел, что хозяин и покровитель, которому он ревностно служил, так подло отступился от него.

— А можете ли вы, по крайней мере, сказать мне, — спросил принц Лимон, — где спрятан домик злодея Тыквы?

Адвокат знал это, потому что в своё время подслушал разговор Чиполлино с односельчанами. «Если я открою тайну, — подумал он, — то меня освободят. А что толку? Я вижу теперь, каковы мои бывшие друзья и покровители! Когда нужно было использовать мои знания и способности, чтобы обманывать других, они приглашали меня

к обеду и к ужину, а теперь покинули в беде. Нет, я не хочу больше помогать им. Будь что будет, а от меня они ничего не узнают!»

И он громко заявил:

— Нет, принц, я ничего не знаю.

— Ты лжёшь! — завопил синьор Помидор. — Ты прекрасно знаешь, но не хочешь сказать.

Тут синьор Горошек дал волю своему гневу. Он привстал на цыпочки, чтобы казаться выше, бросил на Помидора негодующий взгляд и прокричал:

— Да, я знаю, я прекрасно знаю, где спрятан домик, но я никогда вам этого не скажу!

Принц Лимон нахмурился.

— Подумайте хорошенько! — сказал он. — Если вы не откроете тайны, я буду вынужден вас повесить.

У синьора Горошка затряслись коленки от страха. Он обхватил себя обеими руками за шею, будто хотел избавить от петли, но остался непоколебим.

— Вешайте меня, — сказал он гордо. — Вешайте немедленно! — Проговорив эти слова, он весь побелел, хоть и был Зелёным Горошком, и упал как подкошенный на землю.

Синьор Петрушка записал в протокол: «Обвиняемый лишился чувств от стыда и угрызения совести».

Потом он снова высморкался в клетчатый платок и закрыл книгу. Допрос был окончен.

ГЛАВА XIII

О том, как синьор Горошек спас жизнь кавалеру, сам того не желая

Когда синьор Горошек пришёл в себя, кругом царил непроглядный мрак. Адвокат решил, что его уже повесили.

«Я умер, — подумал он, — и, конечно, нахожусь в аду. Меня удивляет только одно: почему здесь так мало огня? Собственно говоря, его здесь совсем нет. Очень странно: ад без адского пламени!»

В этот миг он услышал, как скрипит ключ в замке камеры. Горошек забился в угол, потому что бежать ему было некуда, и с испугом смотрел на открывающуюся дверь. Он ожидал, что увидит стражей-Лимончиков и палача.

Лимончики действительно явились, но вместе с ними пожаловал... Кто бы вы думали? Кавалер Помидор своей собственной персоной, связанный по рукам и ногам.

Синьор Горошек кинулся было на него со сжатыми кулаками, но потом опомнился: «Что же это я делаю? Ведь он такой же узник, как и я». И хотя Горошек не испытывал никакого сочувствия к своему бывшему хозяину, он всё же вежливо спросил у кавалера:

— Так, значит, вас тоже арестовали?

— Арестовали?! Скажите лучше, что я приговорён к смерти. Меня повесят завтра на заре, сейчас же после вас. Вы, верно, и не знаете, что мы находимся в камере для висельников!

Адвокат не мог прийти в себя от изумления. Он знал, что ему грозит смертная казнь, но никак не думал, что за компанию с ним повесят и кавалера.

— Принц Лимон, — продолжал синьор Помидор, — очень разгневался на то, что ему так и не удалось найти виноватых. И знаете, что он в конце концов придумал? В присутствии графинь, гостей и слуг он обвинил меня в том, что я, кавалер Помидор, — главный зачинщик заговора. За это он и приговорил меня к повешению. Да, да, к повешению!

Синьор Горошек не знал, радоваться ли, что кавалера постигнет такая суровая кара, или пожалеть его. Наконец он сказал:

— Ну что ж, мужайтесь, кавалер. Умрём вместе.

— Плохое утешение! — заметил синьор Помидор. — Позвольте мне всё же извиниться перед вами за то, что при вашем допросе я не очень вами интересовался. Вы понимаете, в это время решалась и моя собственная участь.

— Ну, теперь это дело прошлое... Не будем больше говорить о том, что было, — любезно предложил синьор Горошек. — Мы — товарищи по несчастью. Постараемся помочь друг другу.

— Я того же мнения, — согласился синьор Помидор, немножко приободрившись. — Очень рад, что вы не злопамятны.

Он вытащил из кармана кусок торта и по-братски разделил его с адвокатом. Адвокат не верил своим глазам: он не ожидал от кавалера такой доброты и щедрости.

— К сожалению, это всё, что они мне оставили, — сказал синьор Помидор, печально качая головой.

— Да, таков наш грешный мир! Ещё вчера вы были почти полновластным хозяином замка, а сегодня — только пленник.

Кавалер Помидор продолжал молча есть торт.

— Вы знаете, — сказал он наконец, — мне отчасти даже нравится то, что проделал со мной этот проказник Чиполлино. Собственно говоря, он очень ловкий мальчишка, и все его проделки внушены ему добрым сердцем, желанием помочь беднякам.

— Пожалуй, — согласился синьор Горошек.

— Кто знает, — продолжал Помидор, — где находятся они сейчас — эти люди, бежавшие из тюрьмы! Поверьте, я бы с удовольствием сделал для них что-нибудь хорошее.

— Да что же вы можете сделать для них в вашем положении?

— Ах, вы правы, сейчас я бессилен помочь им. Да, кроме того, я даже не знаю, где они.

— Я тоже не знаю, — откровенно сказал синьор Горошек, польщённый любезным обхождением синьора По-

мидора. — Мне известно только, где спрятан домик кума Тыквы.

Услышав это, кавалер затаил дыхание.

«Помидор, — сказал он самому себе, — слушай внимательно, что скажет тебе этот дурень: может быть, у тебя ещё есть надежда на спасение!»

— Вы и в самом деле это знаете? — спросил он адвоката.

— Конечно, знаю, но никогда никому не скажу. Я не намерен больше вредить этим бедным людям.

— Такие чувства, несомненно, делают вам честь, синьор адвокат! Я бы тоже не выдал тайны: я не хотел бы, чтобы по моей вине на бедняков свалились какие-нибудь новые беды.

— Если так, — сказал синьор Горошек, — я рад пожать вам руку!

Синьор Помидор протянул ему руку, и синьор Горошек крепко пожал её. В конце концов адвокат так расчувствовался, что ему пришла охота поболтать по душам со своим товарищем по несчастью.

— Вы только подумайте, — сказал он таинственным шёпотом, — они спрятали домик в двух шагах от замка, а мы были так глупы, что нам это и в голову не пришло!

— Где же именно они его спрятали? — небрежно спросил синьор Помидор.

— Теперь-то я могу вам это сказать, — горько улыбнулся синьор Горошек. — Ведь завтра мы оба умрём и унесём нашу тайну в могилу.

— Ну конечно. Вы же прекрасно знаете, что нас казнят на заре и наш прах будет развеян по ветру!

Тут адвокат Горошек ещё ближе подсел к своему собеседнику и тихонько прошептал ему на ухо, что домик кума Тыквы находится в лесу, а присматривает за ним кум Черника.

Кавалер выслушал всё это и горячо обнял адвоката:

— Мой дорогой друг, я так благодарен вам за то, что вы сообщили мне это важное известие! Вы спасаете мне жизнь!

— Я спасаю вам жизнь? Вы шутите, что ли?

— Вовсе нет, — сказал Помидор, вскакивая.

Он бросился к двери и стал изо всех сил колотить в неё кулаками, пока ему не открыли Лимончики, сторожившие тюрьму.

— Ведите меня сию же минуту к его высочеству принцу Лимону! — приказал синьор Помидор своим обычным, не допускающим возражений тоном. — Я должен сделать ему одно очень важное сообщение.

Кавалера немедленно доставили в замок. Он рассказал принцу всё, что узнал от синьора Горошка, и добился прощения. Принц Лимон был очень доволен и приказал своим Лимончикам на следующее утро — сейчас же после казни синьора Горошка — отправиться в лес и привезти оттуда домик кума Тыквы.

ГЛАВА XIV,

в которой рассказывается, как синьор Горошек взошёл на эшафот

На деревенской площади воздвигли виселицу. Приговорённый должен был подняться на помост. В этом помосте под самой виселицей открывался люк, куда и предстояло провалиться синьору Горошку с петлёй на шее.

Когда за осуждённым пришли, чтобы вести его на площадь, синьор Горошек, как опытный адвокат, сделал всё, чтобы оттянуть время. Ссылаясь на различные статьи закона, он потребовал, чтобы ему разрешили сначала побриться, потом он захотел вымыть голову, а затем обнаружилось, что у него слишком отросли ногти на руках и ногах и он желает перед казнью остричь их.

Палач, не желая терять время, стал было спорить, но в конце концов уступил.

По старинному обычаю, последнее желание приговорённого к смерти должно быть исполнено. Поэтому в тюрьму принесли кувшин с горячей водой, таз, ножницы и бритву.

Не торопясь, адвокат Горошек принялся за свой предсмертный туалет. Долго приводил он себя в порядок: брился, мылся и чуть ли не целых два часа стриг себе ногти. Однако рано или поздно ему пришлось всё-таки отправиться на место казни.

Когда он поднимался на помост, его охватил ужас. Тут только, на ступенях эшафота, он впервые ясно представил себе, что должен умереть. Такой маленький, такой толстенький, такой зелёненький, с чисто вымытой головой и подстриженными ногтями, он всё-таки должен умереть!

Зловеще забили барабаны. Палач надел адвокату на шею петлю, сосчитал до тринадцати, а затем нажал кнопку. Люк открылся, и синьор Горошек полетел во тьму с затянутой петлёй на шее. Перед этим он успел подумать: «На этот раз я, кажется, и в самом деле умер!»

Вдруг он услышал над собой глухой голос:

— Режьте, режьте скорей, синьор Чиполлино! Тут так светло, что я ровно ничего не вижу.

Кто-то разрезал верёвку, которая стягивала шею адвоката, и тот же голос заговорил снова:

— Дайте ему глоток замечательного картофельного сока. Мы, кроты, никогда не расстаёмся с этим чудесным лекарством!

Что же произошло? Какой удивительный случай спас жизнь адвокату Горошку?

ГЛАВА XV,
объясняющая предшествующую главу

Случилось попросту вот что: Земляничка, которая знала всё, что делается в замке, сбегала в лес и рассказала Редиске об опасности, угрожающей синьору Горошку, а Редиска сейчас же сообщила об этом своему другу Чиполлино.

Она нашла его неподалёку от домика кума Тыквы, в пещере, где он скрывался вместе с остальными беглецами. Чиполлино внимательно выслушал её, а потом попросил у мастера Виноградинки шило, чтобы поскрести затылок, ибо положение было затруднительное и нужно было хорошенько почесаться, чтобы найти какой-нибудь выход.

Подумав немного, Чиполлино вернул шило мастеру Виноградинке и сказал коротко:

— Спасибо, я знаю, что делать.

И он тут же убежал куда-то. Никто даже не успел спросить его, что же именно пришло ему в голову.

Кум Тыква отозвался с глубоким вздохом:

— Ах, ежели Чиполлино говорит, что он придумал что-то, так будьте спокойны: он скоро всё уладит!

Однако Чиполлино очень долго бродил по полям и лугам, прежде чем нашёл то, что искал. Наконец он забрёл на луг, весь усеянный бугорками взрытой земли. Каждую минуту здесь возникал, словно гриб, новый бугорок: Крот был за работой.

Чиполлино решил ждать.

И вот, когда один из бугорков вспух чуть ли не под его ногами, он стал на колени и позвал:

— Синьор Крот! Синьор Крот! Это я, Чиполлино.

— А, это вы? — сухо ответил Крот. — Признаться, я только наполовину ослеп после нашей первой встречи. Очевидно, теперь вы намерены снова предложить мне какое-нибудь подземное путешествие, которое окончательно лишит меня зрения.

— Не говорите так, синьор Крот. Я никогда не забуду вашей услуги: благодаря вам я встретился с моими друзьями. Нам удалось выйти на свободу, и мы нашли временное убежище в пещере неподалёку.

— Спасибо за сообщение, но это меня вовсе не интересует. До свидания!

— Синьор Крот! Синьор Крот! — закричал Чиполлино. — Выслушайте меня!

— Что ж, говорите, но только, пожалуйста, не воображайте, что я готов по-прежнему помогать вам в ваших непонятных делах.

— Дело касается не меня, а нашего деревенского адвоката, которого зовут Горошком. Его должны повесить завтра утром.

— И прекрасно сделают! — сердито ответил Крот. — Я бы с удовольствием помог затянуть на нём петлю. Терпеть не могу адвокатов, да и горошек мне не по вкусу.

Бедному Чиполлино пришлось немало потрудиться, чтобы переубедить упрямого Крота, но мальчик был уверен в том, что, несмотря на грубоватые повадки, у Крота золотое сердце и он никогда не откажется помочь правому делу.

Так и вышло — в конце концов Крот немного смягчился и сказал коротко и отрывисто:

— Довольно болтовни, синьор Чиполлино. У вас, как видно, язык без костей. Покажите-ка мне лучше, в какую сторону рыть.

— В направлении на северо-северо-восток, — быстро ответил Чиполлино, чуть не подпрыгнув от радости.

В два счёта Крот прорыл широкую, длинную галерею прямо под эшафот. Здесь он и Чиполлино притаились и стали ждать, что будет. Когда люк над ними наконец открылся и синьор Горошек полетел вниз с верёвкой на шее, Чиполлино мгновенно перерезал верёвку и дал адвокату глотнуть целебного картофельного сока, который синьор Крот всегда носил с собой. Вдобавок Чиполлино легонько похлопал адвоката по щекам. Картофельный сок и несколько пощёчин привели адвоката в чувство. Синьор Горошек открыл глаза, но он, как вы и сами понимаете, был так ошеломлён, что не поверил в своё спасение.

— О синьор Чиполлино! — воскликнул он. — Значит, вы тоже умерли, как и я? Какое счастье, что нам довелось встретиться с вами в раю!

— Очнись, адвокат! — вмешался Крот. — Здесь тебе не рай и не ад. Да и я не святой Пётр и не дьявол, а старый Крот и тороплюсь по своим делам. Поэтому давайте побыстрее выбираться отсюда, и постарайтесь пореже попадаться мне на дороге. Каждый раз, как я встречаю Чиполлино, у меня делается солнечный удар.

На самом деле под эшафотом царила полная тьма, но синьору Кроту и это подземелье показалось настолько светлым, что у него заболели глаза и голова.

В конце концов синьор Горошек уразумел, что благодаря Чиполлино и Кроту он избавился от смерти.

Адвокат без конца благодарил своих спасителей. Сначала он обнимал их по очереди, потом захотел обнять обоих сразу, но это ему не удалось, потому что руки у него были слишком коротки.

Когда Горошек наконец успокоился, все трое отправились в путь по готовому подземному ходу. Дойдя до его конца, Крот вырыл ещё один коридор — до той пещеры, где скрывались мастер Виноградинка, кум Тыква, профессор Груша и прочие беглецы.

Адвоката и его избавителей встретили радостными криками. Все забыли, что ещё недавно синьор Горошек был их врагом.

Прощаясь со своими новыми друзьями, Крот не мог удержаться от слёз.

— Синьоры, — сказал он, — если бы у вас была хоть капля здравого смысла, вы поселились бы вместе со мной под землёй. Там нет ни виселиц, ни кавалеров Помидоров, ни принцев Лимонов, ни его Лимончиков. Покой и темнота — вот что важнее всего на свете. Во всяком случае, если я вам понадоблюсь, бросьте в это отверстие записочку. Я время от времени буду наведываться сюда, чтобы узнать, как идут у вас дела. А пока — всего хорошего!

Друзья тепло простились со старым Кротом и едва успели обменяться с ним последними приветствиями, как синьор Горошек так хлопнул себя по лбу, что не удержался на ногах и полетел вверх тормашками:

— Ах я растяпа! Ах ротозей! Моя рассеянность меня в конце концов погубит!

— Вы что-нибудь забыли? — вежливо спросила кума Тыквочка, поднимая адвоката с земли и стряхивая пыль с его одежды.

Тут только синьор Горошек рассказал беглецам о своём недавнем разговоре с Помидором и о новом предательстве кавалера.

Свою речь он закончил словами:

— Синьоры, знайте, что в эту самую минуту, когда мы с вами здесь разговариваем, стража рыщет по всему лесу. Ей приказано разыскать ваш домик и доставить его к воротам замка.

Не говоря ни слова, Чиполлино бросился в чащу и в два прыжка очутился под дубом, у кума Черники. Но домика там уже не было...

Кум Черника, притаившись между корнями дуба, безутешно плакал:

— Ах, мой милый домик! Мой славный, уютный домик!

— Здесь побывали Лимончики? — спросил Чиполлино.

— Да, да, они всё унесли: и домик, и половинку ножниц, и бритву, и объявление, и даже ко-ло-кольчик!

Чиполлино почесал затылок. На этот раз ему потребовалось бы два шила, чтобы придумать что-нибудь, а у него не было ни одного. Он ласково потрепал кума Чернику по плечу и отвёл его в пещеру, к своим друзьям.

Никто не задал им ни одного вопроса. И без слов все поняли, что домик исчез и что это дело рук их заклятого врага — кавалера Помидора.

ГЛАВА XVI

Приключения мистера Моркоу и собаки Держи-Хватай

Мистер Моркоу...

Минуточку: кто такой мистер Моркоу? Об этой особе у нас ещё разговора не было. Откуда же он взялся? Что ему нужно? Большой он или маленький, толстый или тощий?

Сейчас я вам всё объясню.

Убедившись, что беглецов и след простыл, принц Лимон велел прочесать все окрестности. Лимончики вооружились граблями и старательно прочесали поля и луга, леса и рощи, чтобы найти наших друзей.

Солдаты работали день и ночь и нагребли целую кучу бумажек, хворосту и сухой змеиной кожи, но они не поймали даже тени Чиполлино и его друзей.

— Бездельники! — бушевал правитель. — Только грабли поломали, все зубья в лесу оставили. За это вам самим следовало бы все зубы выбить!

Солдаты дрожали и стучали зубами от страха. Несколько минут только и слышалось: «тук-тук-тук» — словно шёл град.

Один из придворных Лимонов посоветовал:

— Я полагаю, что следовало бы обратиться к специалисту по делам розыска.

— Это ещё что за птица?

— Попросту говоря, сыщик. Вот ежели, например, вы, ваше высочество, потеряли пуговицу, извольте обратиться в сыскное бюро, и сыщик найдёт её вам в два счёта. То же самое будет, если у вашего высочества пропадёт батальон солдат или убегут из-под стражи заключённые. Сыщику стоит только надеть специальные очки, и он мгновенно обнаружит то, что у вас пропало.

— Ну, если так, пошлите за сыщиком.

— Я знаю очень подходящего иностранного специалиста по этой части, — предложил придворный. — Его зовут мистер Моркоу.

Мистер Моркоу... Так вот кто он такой, мистер Моркоу! Пока он ещё не успел прибыть в замок, я расскажу вам, как он одет и какого цвета у него усы. Впрочем, про усы я ничего вам сказать не могу по той простой причине, что у тощего рыжего мистера Моркоу усов нет. Зато у него есть собака-ищейка, которую зовут Держи-Хватай. Она помогает ему носить инструменты. Мистер Моркоу никогда не пускается в путь, не захватив с собой дюжины подзорных труб и биноклей, сотни компасов и десятка фотоаппаратов. Кроме того, он повсюду возит с собой микроскоп. Сетку для бабочек и мешочек с солью.

— А для чего вам соль? — спросил у него правитель.

— С позволения вашего высочества, я насыпаю соли на хвост преследуемой дичи, а потом ловлю её этим прибором, похожим на огромную сетку для бабочек.

Принц Лимон вздохнул:

— Боюсь, что на этот раз соль вам не понадобится. Насколько мне известно, у сбежавших заключённых хвостов не было...

— Случай очень серьёзный, — строго заметил мистер Моркоу. — Если у них нет хвостов, как же их поймать за хвост? Куда им насыпать соли? С позволения вашего высочества, вы вообще не должны были допускать бегства заключённых из тюрьмы. Или, по крайней мере, нужно было перед их побегом приладить им хвосты, чтобы моя собака могла их поймать.

— Я видел в кино, — снова вмешался тот вельможа, который посоветовал обратиться к сыщику, — что иногда беглецов ловят без помощи соли.

— Это устаревшая система, — возразил мистер Моркоу с презрительным видом.

— Факт, факт! О-очень, о-очень устаревшая система, — повторила собака.

У этой собаки была одна особенность: она часто повторяла слова своего хозяина, прибавляя к ним свои личные соображения, которые обычно сводились к словам: «О-очень, о-очень», «весьма, весьма» или «факт, факт».

— Впрочем, у меня есть ещё и другой способ ловли беглецов, — сказал мистер Моркоу.

— Факт, факт! У нас о-очень, о-очень много способов, — подтвердила собака, важно виляя хвостом.

— Можно пустить в ход перец вместо соли.

— Правильно, правильно! — с восторгом одобрил принц Лимон. — Насыпьте им перцу в глаза, и они сейчас же сдадутся, я в этом не сомневаюсь.

— Я тоже так думаю, — осторожно заметил кавалер Помидор. — Но прежде чем пустить в дело перец, вероятно, надо сначала найти беглецов. Не так ли?

— Это несколько труднее, — сказал мистер Моркоу, — но с помощью моих приборов я, пожалуй, попробую.

Мистер Моркоу был учёный сыщик, он ничего не делал без помощи своих инструментов. Даже отправляясь

спать, он вооружился тремя компасами: одним, самым большим, — чтобы отыскать лестницу, другим, поменьше, — чтобы определить, где находится дверь спальни, и третьим, ещё меньше, — чтобы найти в спальне кровать.

Вишенка, словно невзначай, прошёлся по коридору, желая поглядеть на знаменитого сыщика и его собаку.

Каково же было его удивление, когда он увидел, что мистер Моркоу и собака растянулись на полу, разглядывая лежащий перед ними компас!

— Простите, почтенные синьоры, — полюбопытствовал Вишенка, — я хотел бы узнать: что вы делаете, лёжа на полу? Может быть, вы пытаетесь найти на ковре следы беглецов и определить по компасу, в какую сторону они побежали?

— Нет, я просто ищу свою кровать, синьор. Найти кровать невооружённым глазом может каждый, но сы-

щик-специалист должен производить розыски научно, при помощи соответствующей техники. Как вам известно, намагниченная стрелка компаса всегда показывает на север. Это её свойство даёт мне возможность безошибочно найти местоположение моей кровати.

Однако, следуя указаниям своего компаса, сыщик неожиданно стукнулся головой о зеркало, а так как он был из породы твердолобых, то раздробил стекло на тысячу кусков. При этом больше всего пострадала его собака. Один из осколков отсёк ей добрую половину хвоста, оставив только жалкий обрубок.

— Наши расчёты, очевидно, были ошибочны, — сказал мистер Моркоу.

— Факт, факт! О-очень, о-очень ошибочны, — согласилась собака, зализывая обрубок хвоста.

— Значит, — сказал сыщик, — надо поискать другую дорогу.

— Факт, факт! Надо поискать другую дорогу, — пролаяла собака. — Может быть, другие дороги не кончаются зеркалами.

Отложив в сторону компас, мистер Моркоу вооружился одной из своих мощных морских подзорных труб. Он приложил её к глазу и начал поворачивать налево и направо.

— Что вы видите, хозяин? — спросила собака.

— Вижу окно: оно закрыто, на нём красные занавески, и в каждой раме по четырнадцати разноцветных стёкол.

— Очень, очень важное открытие! — воскликнула собака. — Четырнадцать и четырнадцать будет двадцать восемь. Если мы пойдём в этом направлении, нам на голову посыплется по крайней мере пятьдесят шесть осколков, а что касается меня, то я уж и не знаю, что останется от моего хвоста!

Мистер Моркоу направил подзорную трубу в другую сторону.

— Что вы теперь видите, хозяин? — спросила собака озабоченно.

— Вижу какое-то металлическое сооружение. Очень интересная конструкция. Представь себе: три ножки, соединённые наверху металлическим кольцом, а на вершине сооружения — белая крыша, по-видимому, эмалированная.

Собака была потрясена открытиями своего хозяина.

— Синьор, — сказала она, — если я не ошибаюсь, то до нас ещё никто не находил эмалированных крыш. Не так ли?

— Да, — ответил мистер Моркоу не без гордости. — Настоящий сыщик может обнаружить необыкновенные вещи даже в самой обыкновенной обстановке.

Хозяин и собака ползком двинулись к металлическому сооружению с белой крышей. Преодолев расстояние в десять шагов, они приблизились к таинственной конструкции и подползли под неё так неловко, что эмалированная крыша опрокинулась.

Едва успели они опомниться и понять, что произошло, как их внезапно обдало холодным дождём.

Сыщик и собака застыли на месте, опасаясь новых неожиданностей. Они боялись пошевелиться, а между тем струйки холодной воды текли у мистера Моркоу по лицу, у его собаки — по морде и у обоих — по спине, животу и бокам.

— Я полагаю, — пробормотал недовольно мистер Моркоу, — что мы попросту опрокинули эмалированный таз, стоявший на умывальнике.

— Я думаю, — добавила собака, — что в этом тазу было о-очень, о-очень много воды для утреннего умывания.

Тут мистер Моркоу наконец встал и отряхнулся после неожиданного душа. Верная спутница последовала его примеру. После этого сыщик без труда нашёл кровать, от которой находился в двух шагах, и торжественно проследовал к ней, продолжая изрекать глубокомысленные замечания вроде следующего:

— Что поделаешь! Наша профессия сопряжена с риском. Правда, нам на голову обрушились целые потоки холодной воды, но зато мы нашли то, что искали, — кровать.

— Факт, факт! Много воды утекло! — со своей стороны заметила собака.

Ей в этот вечер как-то особенно не везло: мокрая, озябшая, с обрубленным хвостом, она уснула на полу, положив голову на влажные туфли своего хозяина.

Мистер Моркоу прохрапел всю ночь и проснулся с первыми лучами солнца.

— Держи-Хватай, за работу! — позвал он.

— Хозяин, я готова, — ответила собака, вскочив и усевшись на обрубок хвоста.

Умыться мистер Моркоу в это утро не мог, потому что пролил всю воду, предназначенную для умывания. Собака удовольствовалась тем, что вылизала себе усы, а потом лизнула в лицо и своего хозяина. Освежившись таким образом, они вышли в парк и принялись за розыски.

Знаменитый сыщик начал с того, что достал из сумки мешочек, в котором было девяносто крошечных бочонков с номерами, какие употребляются при игре в лото.

Он попросил собаку вытащить какой-нибудь номер. Собака сунула лапу в мешочек и вытянула номер семь.

— Значит, нам нужно отмерить семь шагов вправо, — решил мистер Моркоу.

Они отмерили семь шагов вправо и попали в крапиву.

У собаки словно огнём обожгло обрубок хвоста, а у мистера Моркоу так покраснел нос, что стал похож на стручок турецкого перца.

— Должно быть, у нас опять вышла ошибка, — предположил учёный сыщик.

— Факт, факт! — печально подтвердила собака.

— Попробуем другой номер.

— Попробуем! — согласилась собака.

На этот раз вышел двадцать восьмой номер, и мистер Моркоу решил, что нужно отойти на двадцать восемь шагов влево.

Отошли на двадцать восемь шагов влево и свалились в бассейн, где плавали золотые рыбки.

— Помогите! Тону! — завопил мистер Моркоу, барахтаясь в воде и пугая золотых рыбок.

Может быть, он и в самом деле бы утонул, но верная собака вовремя ухватила его зубами за воротник и выволокла на сушу.

Они уселись на краю бассейна. Один из них сушил одежду, другой — шерсть.

— Я сделал в бассейне очень важное открытие, — сказал мистер Моркоу, нисколько не смущаясь.

— О-очень, о-очень важное! — поддакнула собака. — Мы с вами открыли, что вода о-очень, о-очень мокрая.

— Нет, не то. Я пришёл к выводу, что пленники, которых мы ищем, нырнули на дно этого бассейна, вырыли здесь подземный ход и таким образом ускользнули от своих преследователей.

Мистер Моркоу позвал кавалера Помидора и предложил ему выпустить воду из бассейна, а затем перекопать дно, чтобы найти подземный ход. Но синьор Помидор решительно отказался от этого предложения. Он заявил, что, по его личному мнению, беглецы выбрали более простой и лёгкий путь, и попросил мистера Моркоу направить свои розыски в другую сторону.

Знаменитый сыщик вздохнул и поник головой.

— Вот вам людская благодарность! — сказал он. — Я тружусь в поте лица своего, принимаю одну холодную ванну за другой, а местные власти, вместо того чтобы помочь моей работе, чинят мне препятствия на каждом шагу.

К счастью, мимо бассейна, будто случайно, проходил в это время Вишенка. Сыщик остановил его и спросил, не знает ли он другого выхода из парка, кроме тайной подземной галереи, вырытой беглецами под бассейном с золотыми рыбками.

— Ну конечно, знаю, — ответил Вишенка. — Это калитка.

Мистер Моркоу горячо поблагодарил мальчика и в сопровождении собаки, которая всё ещё фыркала и отряхивалась после холодной ванны, пошёл искать калитку по компасу, с которым никогда не расставался.

Вишенка последовал за ним, будто бы из пустого любопытства.

Когда же сыщик вышел наконец из парка и направился к лесу, мальчик вложил в рот два пальца и громко свистнул.

Мистер Моркоу живо обернулся к нему:

— Кого это вы зовёте, молодой человек? Вероятно, мою собаку?

— Нет, нет, мистер Моркоу, я только дал знать одному знакомому воробью, что для него приготовлены на подоконнике хлебные крошки.

— У вас добрая душа, синьорино. — С этими словами мистер Моркоу поклонился Вишенке и пошёл своей дорогой.

Как вы легко можете догадаться, на свист Вишенки кто-то вскоре тоже ответил свистом, но не таким громким, а слегка приглушённым. Вслед за этим на опушке леса, справа от сыщика, закачались ветви кустарника. Вишенка улыбнулся: его друзья были начеку — он вовремя предупредил их о появлении мистера Моркоу и его собаки.

Но и сыщик тоже заметил, как шевелятся кусты. Он бросился на землю и застыл. Собака последовала его примеру.

— Нас окружили! — прошептал сыщик, отплёвываясь от пыли, набившейся ему в нос и рот.

— Факт, факт! — протявкала собака. — Нас окружили!

— Наша задача, — продолжал шёпотом мистер Моркоу, — становится с каждой минутой всё труднее и опаснее. Но мы должны во что бы то ни стало поймать беглецов.

— Поймать, поймать! — тихонько отозвалась собака.

Сыщик навёл на кусты свой горный бинокль и стал внимательно их осматривать.

— Кажется, в кустарнике больше никого нет, — сказал он. — Злодеи отступили.

— Какие злодеи? — спросила собака.

— Те, что скрывались в зарослях и шевелили ветвями. Нам остаётся только пойти по их следам, а следы эти, безусловно, приведут нас в их притон.

Собака не переставала восхищаться догадливостью своего хозяина.

Тем временем люди, скрывавшиеся в кустах, и в самом деле отступали, довольно энергично пробираясь сквозь заросли. Собственно говоря, никого не было видно, и только ветви кустарника ещё слегка колыхались в тех местах, где они прошли. Но мистер Моркоу теперь уже не сомневался, что в кустах прячутся беглецы, и твёрдо решил их выследить.

Через сотню метров тропинка привела сыщика и собаку в лес. Мистер Моркоу и Держи-Хватай прошли несколько шагов и остановились под тенью дуба, чтобы отдохнуть и оценить положение.

Сыщик вытащил из мешка микроскоп и начал внимательно рассматривать пыль на дорожке.

— Никаких следов, хозяин? — с нетерпением спросила собака.

— Ни малейших.

В этот миг снова послышался продолжительный свист, а потом раздались приглушённые крики:

— О-го-го-го-го!

Мистер Моркоу и собака опять бросились на землю.

Крик повторился два или три раза. Вне всякого сомнения, таинственные люди подавали друг другу сигналы.

— Мы в опасности, — спокойно произнёс мистер Моркоу, доставая прибор, похожий на сетку для бабочек.

— Факт, факт! — как эхо откликнулась собака.

— Преступники отрезали нам путь к отступлению и начали обходный манёвр, чтобы напасть на нас сзади. Держи наготове перечницу. Как только они появятся, мы пустим им перец в глаза и накроем их сеткой.

— План очень смелый, — пролаяла собака, — но я слышала, что у злодеев иногда бывают ружья... А что, если они, попав в плен, начнут стрелять?

— Проклятье! — сказал мистер Моркоу. — Признаться, об этом я не подумал.

В этот миг в нескольких шагах от сыщика и собаки, всё ещё простёртых на земле, раздался придушенный голос:

— Мистер Моркоу! Мистер Моркоу!

— Женский голос... — сказал сыщик, оглядываясь.

— Сюда, мистер Моркоу! Ко мне! — продолжал звать тот же голос.

Собака осмелилась высказать своё предположение.

— По-моему, — пролаяла она, — тут происходит нечто очень загадочное. Женщине угрожает серьёзная опасность. Может быть, она находится в руках бандитов, которые хотят сделать её своей заложницей. Я думаю, нам нужно во что бы то ни стало освободить её.

— Мы не можем заниматься посторонними делами, — сказал мистер Моркоу, рассерженный неуместным вмешательством своего ретивого помощника. — Мы пришли сюда для того, чтобы задержать, арестовать, а не освободить кого-то. У нас точная и ясная цель. Мы не можем делать как раз противоположное тому, за что нам платят. Помните, что вас зовут Держи-Хватай, и делайте своё дело!

В эту минуту из-за кустов снова раздался жалобный, умоляющий крик:

— Мистер Моркоу! Да помогите же! Ради бога, помогите!

В этом голосе слышалось такое отчаяние, что знаменитый сыщик не устоял.

«Женщина просит моей помощи, — подумал он. — И я откажусь помочь ей? Сердца у меня нет, что ли?»

Он озабоченно ощупал левую сторону своей груди под жакетом и вздохнул с облегчением: сердце у него оказалось на месте и билось даже чаще, чем всегда.

Между тем голос постепенно удалялся на север. В той стороне, откуда он доносился, тревожно колыхались кусты, слышался шорох шагов и заглушённый шум борьбы.

Мистер Моркоу вскочил на ноги и в сопровождении собаки бросился бежать на север, не сводя глаз с компаса.

Вдруг сзади него послышался сдержанный смех.

Сыщик в гневе остановился и стал искать глазами неизвестную особу, которая позволила себе так дерзко смеяться за его спиной. Не найдя никого среди кустов, мистер Моркоу сверкнул глазами и закричал, весь дрожа от благородного негодования:

— Смейся, смейся, подлый преступник! Хорошо смеётся тот, кто смеётся последним!

«Преступник» снова фыркнул, а потом задохнулся от внезапного приступа кашля.

Дело в том, что Редиска сильно хлопнула его в эту минуту по спине, чтобы он перестал смеяться. Этот смешливый парнишка был не кто иной, как маленький Фасолинка, сын тряпичника Фасоли. Откашлявшись, он запихал себе платок в рот и продолжал смеяться в своё удовольствие, не нарушая тишины.

— Ты хочешь испортить всё, что нам удалось сделать! — сердито зашептала Редиска. — Сейчас же перестань фыркать!

— Да как же над ним не смеяться! — еле выговорил Фасолинка, сдерживая смех.

— Успеешь ещё посмеяться, — прошептала Редиска, — а пока пойдём и постараемся не терять сыщика из виду.

Мистер Моркоу и его собака по-прежнему бежали на север — в ту сторону, откуда доносился шорох удаляющихся шагов и шум борьбы. Они думали, что преследуют целую шайку злодеев, крадущихся через кустарник. А на самом деле они гнались за двумя ребятишками — Картошечкой и Томатиком, которые делали вид, что дерутся друг с другом. Время от времени девочка останавливалась и тоненьким голоском кричала:

— Помогите! Помогите, синьор сыщик! Меня похитили бандиты! Умоляю вас, освободите меня.

Вы, вероятно, догадались, что у ребят, пробиравшихся через кустарник, была одна задача: отвлечь сыщика и его собаку как можно дальше от пещеры, в которой прятались Чиполлино и его друзья. Но это ещё было не всё, что ребята задумали.

В ту минуту, когда собака сыщика уже готовилась настичь убегающих и схватить одного из них за икры, с ней произошло нечто весьма странное.

— О небо, я лечу! Прощайте, дорогой хозяин! — только и успела она пролаять.

И она в самом деле стремительно взлетела вверх. Верёвочная петля подняла перепуганную собаку до самой макушки дуба и крепко притянула к толстому суку.

Когда сыщик, отставший от неё всего только на несколько шагов, вышел из-за куста, собаки и след простыл.

— Держи-Хватай! — позвал он. — Держи-Хватай!

Никакого ответа.

— Наверно, подлая собака опять погналась за каким-нибудь зайцем. За десять лет я так и не мог отучить её от старой привычки!

Не слыша в ответ ни звука, он снова позвал:

— Держи-Хватай!

— Я здесь, хозяин! Здесь! — жалобно ответил ему придушенный голос откуда-то сверху.

Сыщик поднял голову и сквозь листья дуба увидел свою собаку где-то между верхних ветвей дерева.

— Что ты там делаешь? — строго спросил он. — Нечего сказать, нашла время лазить по деревьям! Ты что думаешь, мы с тобой в игрушки играем? Слезай немедленно! Бандиты не ждут. Если мы потеряем их след, кто же освободит пленницу?

— Хозяин, не сердитесь! Сейчас я вам всё объясню... — провизжала собака, тщетно пытаясь освободиться от западни.

— Нечего тут объяснять! — продолжал возмущённый мистер Моркоу. — Я и без твоего вранья прекрасно понимаю, что тебе не хочется преследовать бандитов и ты предпочитаешь гоняться за белками на ветвях деревьев. Только тебе это даром не пройдёт! Я, самый знаменитый в Европе и в Америке сыщик, не могу держать у себя на службе бездельницу, которая не пропустит ни одного дерева, не поддавшись искушению взобраться на него. Что и говорить, подходящее местечко для моего помощника!.. Прощай! Ты уволена.

— Хозяин, хозяин, дайте же мне хоть слово сказать!

— Говори что хочешь, но я не намерен тебя слушать. У меня есть дела поважнее. Я обязан выполнить свой долг, и ничто не остановит меня на этом пути. А ты гоняйся за белками, сколько твоей душе угодно. Желаю тебе найти более весёлую должность и менее строгого хозяина. А себе я подыщу помощника посерьёзнее. Ещё вчера я приглядел в парке славного пса по имени Мастино. Он как раз по мне: честный, скромный и достойный пёс. Ему-то небось никогда не придёт в голову охотиться за гусеницами на дубах... Итак, прощай, легкомысленная и неверная собака! Больше мы не увидимся.

Слыша такие оскорбления и упрёки, бедная собака залилась горькими слезами.

— Хозяин, хозяин, будьте осторожнее в пути, не то с вами случится то же, что и со мной!

— Брось эти глупые шутки, старая пустолайка! Я ещё никогда в жизни не лазил ни на какие деревья. И, уж конечно, не собираюсь следовать твоему примеру, забывая свои прямые обязанности...

Но в тот самый миг, когда мистер Моркоу произносил эту негодующую речь, он почувствовал, как что-то схватило его поперёк туловища с такой силой, что у него прервалось дыхание.

Он услышал, как щёлкнула пружина, и почувствовал, что летит вверх, раздвигая листву того самого дуба, на верхушке которого находилась его собака. Когда этот короткий полёт был окончен, сыщик увидел перед собой её хвост. Так же как собака, мистер Моркоу был крепко притянут к стволу прочной верёвкой.

— Я же говорила, говорила вам! — жалобно повторяла собака, виляя обрубком хвоста. — А вы не захотели меня выслушать...

Мистер Моркоу делал необыкновенные усилия, чтобы сохранить своё достоинство в столь неудобной позе.

— Ты мне ничего, ровно ничего не сказала! — процедил он сквозь зубы. — Твой долг был предупредить меня о ловушке, вместо того чтобы глупо тратить время на пустую болтовню!

Собака прикусила язык, чтобы не ответить на несправедливый упрёк. Она отлично понимала душевное состояние своего хозяина и не желала вступать с ним в спор.

— Итак, мы в западне, — сказал задумчиво мистер Моркоу. — Теперь мы должны сообразить, как нам из неё выбраться.

— Это вам будет не так-то легко! — послышался тонкий голосок откуда-то снизу.

«Какой знакомый голос! — подумал мистер Моркоу. — Ах да, это она — пленница, которая звала меня на помощь!»

Он посмотрел вниз, ожидая увидеть страшных бандитов с ножами в зубах и среди них пленную принцессу, но вместо этого увидел компанию ребят, которые катались по земле от смеха.

Это были Редиска, Картошечка, Фасолинка и Томатик. Они хохотали, обнимались и плясали под ветвями дуба, напевая песенку, которую тут же придумали:

Ду-ду-ду! Ду-ду-ду!
Радость и веселье!
Две собаки на дубу
Рядышком висели...

— Синьоры, — сказал, нахмурив брови, знаменитый сыщик, — будьте добры объяснить, кто вы такие и чему вы радуетесь.

— Мы не синьоры, — ответил Фасолинка, — мы бандиты!

— А я — бедная пленница!

— Сейчас же помогите мне спуститься на землю, иначе я буду вынужден принять самые суровые меры. Слышите?

— Факт, факт! О-очень суровые меры, — пролаяла собака, яростно размахивая обрубком хвоста.

— Я думаю, вам вряд ли удастся принять суровые меры, пока вы будете оставаться в этом положении, — сказала Редиска.

— А уж мы постараемся, чтобы вы провисели как можно дольше, — добавил Томатик.

Мистер Моркоу замолчал, не зная, что ответить. Он понял, что дело принимает серьёзный оборот.

— Положение ясное, но довольно безвыходное, — прошептал он своей собаке на ухо.

— Факт, факт! О-очень ясное, но совершенно безвыходное! — печально подтвердила собака.

— Мы в плену у банды ребят, — продолжал сыщик. — Какой позор для меня! К тому же, по-видимому, эти ребята сгово-

рились с беглецами поймать нас в ловушку, чтобы мы потеряли их следы.

— Факт, факт! Сговорились! — подтвердила собака. — Я только удивляюсь, как ловко они подстроили нам эту западню!

Верная помощница сыщика удивилась бы, конечно, ещё больше, если бы знала, что западню устроил Вишенка собственными руками. Он прочёл много книг с приключениями и знал всяческие охотничьи уловки, которые теперь и пригодились.

Вот он и придумал, как поймать в ловушку сыщика, не прибегая на этот раз к помощи Чиполлино.

Как видите, затея ему великолепно удалась. Из-за куста украдкой поглядывал он теперь на двух попавших в западню хищников и был очень доволен своей выдумкой.

«Вот мы и вывели из строя на время двух опасных врагов», — подумал он и не спеша пошёл домой, радостно потирая руки.

А Редиска и остальные ребята отправились в пещеру, чтобы рассказать обо всём Чиполлино. Но в пещере они никого не нашли — она была пуста, пепел костра остыл. Очевидно, огонь не разводили уже по крайней мере два дня.

ГЛАВА XVII

Чиполлино заводит дружбу с очень симпатичным Медведем

Вернёмся, как говорится в книгах, немного назад — точнее, на два дня назад. Иначе нам не удастся узнать, что же случилось в пещере.

Кум Тыква и кум Черника никак не могли примириться с утратой домика. Они так привязались к этим ста восемнадцати кирпичам, что им казалось, будто они потеряли сто восемнадцать сыновей. Несчастье сблизило их, и они стали закадычными друзьями. В конце концов кум Тыква пообещал куму Чернике:

— Если только нам удастся освободить наш домик, мы будем жить в нём вместе!

Кум Черника даже прослезился при этих словах. Как видите, кум Тыква уже не говорил «мой» домик, а называл его «нашим» домиком. Так же стал его называть и кум Черника, хотя из-за этого домика он потерял свою драгоценную половинку ножниц, ржавую бритву, полученную в наследство от прадеда, несколько пуговиц и другие сокровища.

Один раз друзья чуть не поссорились, заспорив о том, кто же из них двоих больше любит домик. Кум Тыква считал, что кум Черника не может любить его так, как он.

— Я работал всю жизнь, чтобы его построить. Я собирал по кирпичику!

— Да, но вы в нём так мало жили, а я прожил почти целую неделю!

Однако такие споры быстро кончались. Наступал вечер, а вечером было гораздо важнее защищать пещеру от нападения волков, чем ссориться.

В этом лесу жили волки, медведи и другие дикие звери. Поэтому каждую ночь нужно было разводить возле пещеры большой костёр, чтобы держать зверей в отдалении. Конечно, существовала опасность, что огонь заметят и в замке. Но что же делать! Нельзя же отдавать себя на съедение волкам.

Волки подбирались очень близко к пещере и бросали жадные взгляды на круглую и толстенькую куму Тыквочку. Должно быть, она казалась им особенно вкусной.

— Нечего на меня так смотреть! — кричала волкам кума Тыквочка. — Вы от меня никогда и полпальца не получите!

Волки были так голодны, что начинали жалобно выть.

— Кума Тыквочка, — говорили они, далеко обходя костёр, чтобы не обжечься, — ну дайте нам хоть пальчик! Что вам стоит? У вас ведь их десять на руках и десять на ногах, а всего, значит, целых двадцать пальцев!

— Для диких зверей вы неплохо знаете арифметику, — отвечала кума Тыквочка, — но и это вам не поможет!

Волки немного ворчали, а потом убирались прочь. Чтобы утешиться, они растерзали всех зайцев в окрестностях.

Позже явился Медведь и тоже стал заглядываться на куму Тыквочку.

— Вы мне очень нравитесь, синьора Тыквочка! — сказал он.

— Вы мне тоже, синьор Медведь, но мне бы ещё больше понравился ваш окорок.

— Что такое вы говорите, синьора Тыквочка! А вот я с удовольствием съел бы вас целиком.

Чиполлино кинул в непрошеного гостя сырую картофелину:

— Попробуйте удовольствоваться вот этим!

— Я всегда ненавидел всё ваше семейство, Чиполлино, — ответил Медведь, не на шутку разозлившись. — От вас только слёзы льются. Не понимаю, как это некоторые могут любить лук!

— Послушайте-ка, синьор Медведь, — предложил Чиполлино, — напрасно вы подстерегаете нас каждый вечер. Вы же прекрасно знаете, что это бесполезно: у нас в запасе так много спичек, а в лесу так много хвороста, что мы можем разводить каждую ночь костёр и держать вас подальше от нашего жилища. Чем быть врагами, не попытаться ли нам стать друзьями?

— Видано ли когда-нибудь, — буркнул Медведь, — чтобы Медведь дружил с Чиполлино, с луковицей!

— А почему бы и нет? — возразил Чиполлино. — На этом свете вполне можно жить в мире. Для всех на земле хватит места — и для медведей, и для луковиц.

— Места-то хватит для всех, это верно. Но зачем же тогда люди ловят нас и сажают в клетку? Должен вам

сказать, что мои отец и мать находятся в плену в зоологическом саду при дворце правителя.

— Значит, мы с вами товарищи по несчастью: мой отец тоже в плену у правителя.

Услышав, что отец Чиполлино находится в заключении, Медведь смягчился:

— И давно он там сидит?

— Уже много месяцев. Он приговорён к пожизненному заключению, но ему не выйти оттуда и после смерти, потому что при тюрьмах правителя имеются кладбища.

— Вот и моим родителям суждено просидеть в клетке всю жизнь. И пожалуй, они тоже не выйдут из заключения после смерти, потому что будут похоронены в саду правителя... — Медведь глубоко вздохнул. — Что ж, если хотите, — предложил он, — будем и в самом деле друзьями. Собственно говоря, у нас нет никаких причин враждовать друг с другом. Мой прадед, знаменитый бурый Медведь, рассказывал, что он слышал от стариков, будто когда-то, в незапамятные времена, в лесу все жили в мире. Люди и медведи были друзьями, и никто не делал зла другому.

— Эти времена могут вернуться, — сказал Чиполлино. — Когда-нибудь мы все станем друзьями. Люди и медведи будут вежливо обращаться друг с другом и при встречах снимать шляпы.

Медведь, казалось, был в затруднении.

— Так, значит, — сказал он, — мне придётся купить шляпу — у меня ведь её нет.

Чиполлино засмеялся:

— Ну, это ведь только так говорится! Вы можете здороваться на свой лад — кланяться или приветливо махать лапой.

Медведь поклонился и помахал лапой.

Мастер Виноградинка так удивился этому, что схватил шило и почесал затылок.

— Никогда в жизни не видал я такого учтивого медведя! — произнёс он растерянно.

Синьор Горошек по своей адвокатской привычке отнёсся ко всему этому крайне недоверчиво.

— Я не очень-то полагаюсь на медвежью дружбу, — предостерёг он. — Медведь умеет и притворяться. Это очень лукавое животное.

Но Чиполлино не согласился с адвокатом. Он сделал в костре проход и дал Медведю возможность добраться до пещеры, не опалив шкуры. Медведь ещё раз помахал лапой, а Чиполлино представил его всей компании как своего доброго знакомого.

Профессор Груша, который как раз к этому времени закончил починку своего инструмента, устроил в честь Медведя скрипичный концерт.

Медведь любезно согласился потанцевать ради своих новых друзей, и таким образом обитатели пещеры и лесной гость провели очень приятный вечер. Когда Медведь наконец распростился с радушными хозяевами, чтобы отправиться спать, Чиполлино вызвался проводить его немного.

Видите ли, Чиполлино не любил говорить о своих горестях, но на душе у него было тяжело.

В этот вечер он снова вспомнил старика отца, томящегося в тюрьме, и ему захотелось поделиться своим горем с Медведем.

— Что-то поделывают сейчас наши родители! — сказал Чиполлино своему мохнатому спутнику, когда они вышли из пещеры.

— О моих родителях я кое-что слышал, — ответил Медведь. — Я никогда не был в городе, но мой приятель, Зяблик, часто приносит мне весточку об отце и матери. Он говорит, что они никогда глаз не смыкают: и днём и ночью мечтают о свободе. А я и не знаю толком, что такое свобода. Я бы предпочёл, чтобы они думали обо мне. Ведь я, в конце концов, их сын!

— Быть свободным — это значит не быть рабом своего хозяина, — ответил Чиполлино.

— Но правитель — не такой уж плохой хозяин. Зяблик рассказывал мне, что отца и мать в клетке сытно кормят и они даже иногда развлекаются, глядя, как люди ходят мимо их решётки. Правитель любезно посадил их в такое место, где по праздникам гуляет много народу. И всё-таки они очень хотят вернуться в лес. Только Зяблик говорит, что это невозможно, потому что клетка железная и решётка очень крепкая.

Чиполлино вздохнул в свою очередь:

— Да, выбраться из неволи не так-то легко! Когда я навестил моего отца в тюрьме, я очень внимательно осмотрел и ощупал стены. Сломать их или проделать в них дыру невозможно. Но, несмотря на это, я всё же обещал отцу освободить его и когда-нибудь сдержу своё слово.

— Ты, видно, храбрый паренёк, — сказал Медведь. — Я бы тоже хотел освободить своих родителей, но я не знаю дороги в город и боюсь заблудиться.

— Послушай-ка, — внезапно сказал Чиполлино, — у нас с тобой вся ночь впереди. Посади-ка меня к себе на плечо — и мы ещё до полуночи будем в городе.

— Что ты собираешься делать? — спросил Медведь дрожащим голосом.

— Пойдём навестим твоих родителей. Их легче увидеть, чем моего отца.

Медведь не заставил себя просить дважды: он слегка наклонился, Чиполлино живо вскарабкался к нему на спину, и они помчались в город.

Чиполлино показывал дорогу.

— Направо! — командовал он Медведю. — Налево! Прямо! Опять налево!.. Ну вот мы и у ворот города. Зоологический сад вон в той стороне. Пойдём побыстрее, чтобы нас не заметили случайные прохожие. И постарайся не рычать.

ГЛАВА XVIII

Тюлень, у которого был слишком длинный язык

В зоологическом саду царила глубокая тишина. Сторож спал в слоновнике, подложив под голову, как подушку, хобот Слона. Он спал очень крепко и не проснулся, когда Чиполлино с Медведем тихонько постучались в дверь слоновника.

Слон осторожно переложил голову сторожа на солому, вытянул хобот и, не сходя с места, ловко открыл дверь, пробормотав:

— Войдите.

Наши двое друзей вошли озираясь.

— Добрый вечер, синьор Слон! — сказал Чиполлино. — Извините, пожалуйста, что мы потревожили вас в такой поздний час.

— О, ничего, ничего! — отвечал Слон. — Я ещё не спал. Я пытался отгадать, что может сниться моему сторожу. По снам можно узнать, хорош человек или дурен.

Слон был старым индийским философом, и ему всегда, особенно по ночам, приходили в голову очень странные мысли.

— Мы просим вашей помощи, — продолжал Чиполлино, — потому что знаем, как вы мудры. Не можете ли вы посоветовать нам, каким образом освободить из плена родителей вот этого Медведя, моего друга?

— Что ж, — задумчиво пробормотал старый Слон, — пожалуй, я и мог бы дать вам совет, но только к чему это? В лесу не лучше, чем в клетке, а в клетке не хуже, чем в лесу... Не знаю, прав я или нет, но мне кажется, что каждый должен оставаться на своём месте... Впрочем, если вы уж очень этого хотите, — добавил он неожиданно, — я могу вам сказать, что ключ от клетки с медведями находится в кармане у этого спящего человека, моего сторожа. Я попытаюсь вытащить ключ, не разбудив его. Сон у него крепкий. Надеюсь, он ничего не почувствует.

По правде сказать, Чиполлино и Медведь сильно сомневались в успехе этой сложной операции, однако Слон так ловко и осторожно действовал своим послушным и гибким орудием — хоботом, что сторож и в самом деле ровно ничего не почувствовал.

— Вот вам ключи, — сказал Слон, вытаскивая кончик хобота с ключами из кармана сторожа. — Только не забудьте, пожалуйста, принести мне их потом обратно.

— Будьте спокойны, — сказал Чиполлино, — и примите нашу искреннюю благодарность. А вы не хотели бы бежать вместе с нами?

— Если бы у меня когда-нибудь было намерение бежать, то я, разумеется, не стал бы ждать вашего прибытия и вашей помощи. Желаю успеха!

И, вновь положив голову сторожа на хобот, Слон стал нежно покачивать её, чтобы покрепче усыпить своего тюремщика и не дать ему проснуться раньше времени.

Чиполлино и Медведь выскользнули из слоновника и направились к той клетке, где жили медведи. Они старались ступать как можно тише, но не прошли и несколько шагов, как их кто-то окликнул:

— Эй, эй, синьор!

— Ш-ш-ш... — испуганно прошептал Чиполлино. — Кто это меня зовёт?

— Ш-ш-ш... — повторил хриплый голос. — Кто это меня зовёт?

— Да не поднимай шума, сторож проснётся!

Голос подхватил:

— Не поднимай сторожа, шум проснётся!.. Ах я дуррак, дуррак! — добавил он тут же. — Я всё перепутал!

— Да это же Попугай! — прошептал Чиполлино Медведю. — Он повторяет всё, что слышит. Но так как он ничего не понимает из того, что слышит, то часто говорит всё навыворот. Впрочем, он добрый малый и никому не желает зла.

Медведь вежливо поклонился Попугаю и спросил его:

— Не скажете ли, синьор Попугай, где здесь клетка с медведями?

Попугай повторил:

— Не скажете ли, синьор Медведь, где здесь клетка с попугаями? Ах я дуррак, дуррак, я опять сбился!

Видя, что от Попугая толку не добьёшься, друзья тихонько пошли дальше. Из-за решётки их окликнула Обезьяна:

— Послушайте, синьоры, послушайте!..

— У нас нет времени, — ответил Медведь. — Мы очень спешим.

— Уделите мне только одну минутку: вот уже два дня, как я пытаюсь разгрызть орех, и мне это никак не удаётся. Помогите мне, пожалуйста!

— Подождите немного. На обратном пути мы вам поможем, — сказал Чиполлино.

— Эх, это вы только так говорите! — сказала Обезьяна, покачав головой. — Да ведь, впрочем, и я только так, для разговора. На что мне этот орех, да и все орехи в мире! Я бы хотела снова быть в моём родном лесу, прыгать с ветки на ветку и швырять кокосовые орехи прямо в голову какому-нибудь путешествующему бездельнику. Для чего ж тогда и растут кокосовые орехи, если в лесу нет обезьян, которые бы могли запустить орехом в чью-нибудь голову? Нет, я спрашиваю вас, для чего же нужны путешественники, если некому стукать их кокосовыми орехами по голове? Я уже и не помню, когда это я в последний раз попала орехом в бритую красную голову приезжего незнакомца... Так приятно было целиться в эту голую макушку! Я помню, как...

Но Чиполлино и Медведь были уже далеко и не слышали больше её болтовни.

— Обезьяны, — сказал Чиполлино Медведю, — очень легкомысленные и вздорные особы. Они начинают говорить об одном, потом о другом, и никогда нельзя сказать, чем кончится их болтовня. Однако я от души жалею эту бедняжку. Почему ей не спится? Думаешь, потому, что не может разгрызть орех? Нет, она не спит потому, что тоскует о своём далёком юге, о горячем солнце, о кокосовых пальмах и бананах.

Лев тоже не спал. Он посмотрел на проходящих уголком глаза, но даже не повернул головы, чтобы узнать, куда они идут. Это был благородный и гордый зверь, и его ничуть не интересовало, кто проходит мимо его решётки и по каким делам.

Наконец Чиполлино и Медведь добрались до медвежьей клетки.

Бедные старики сразу узнали своего мохнатого сына. Они протянули к нему лапы и стали целовать его сквозь решётку.

Пока они целовались, Чиполлино открыл дверцу клетки и сказал:

— Да перестаньте же вы плакать! Клетка ваша открыта, и, если вы этим не воспользуетесь, пока не проснётся сторож, не мечтайте больше о свободе!

Когда в конце концов оба пленника вышли из клетки, они бросились обнимать своего косолапого сына, от которого их больше не отделяли железные прутья решётки. Крупные слёзы текли по их мохнатым щекам.

Чиполлино был растроган до глубины души.

«Бедный мой отец! — думал он. — Я тоже буду без конца целовать тебя в тот день, когда мне удастся распахнуть двери твоей тюрьмы!»

— Пора, пора уходить! — сказал он медведям негромко, но внятно. — Нам нельзя медлить.

Но старики захотели сначала попрощаться с семьёй белых медведей, живших около пруда, потом пожелали заглянуть к жирафу, который, однако, в это время крепко спал.

Спали и другие животные, но весть об уходе медведей вскоре облетела все уголки зоологического сада и разбудила его обитателей. Медведей здесь очень любили. Впрочем, и у них нашлись враги. Так, например, их терпеть не мог Тюлень, который считал их ближайшими родичами белых медведей.

Узнав, что медведи убежали из клетки, Тюлень начал так громко реветь, что разбудил сторожа, всё ещё спавшего сладким сном.

— Что случилось? — спросил он у Слона, зевая.

— Право, не знаю... — задумчиво ответил старый мудрец. — Да и что может случиться? В мире больше не случается ничего нового, значит, ничего нового не произошло и сегодня ночью. Это только в кино каждые десять минут происходят какие-нибудь приключения.

— Может быть, ты и прав, — согласился сторож, — но всё-таки надо поглядеть.

Едва он вышел из слоновника, как наткнулся на беглецов.

— Караул! — закричал он. — На помощь!

Проснулись все его помощники и в несколько минут оцепили зоологический сад. Бегство стало невозможным.

Чиполлино и трое медведей бросились в пруд и притаились, высунув из воды только головы.

К несчастью, они попали в тот самый пруд, где жил Тюлень.

— Хе-хе-хе! — злорадно засмеялся кто-то за их спиной.

Это и был Тюлень собственной персоной.

— Надеюсь, синьоры позволят мне посмеяться немного, — сказал он. — У меня сегодня очень хорошее настроение.

— Синьор Тюлень, — попросил его Чиполлино, дрожа от холода, — я понимаю ваше веселье. Но неужели вы находите возможным смеяться над нами в ту минуту, когда нас разыскивают?

— Вот это-то меня и радует! Я сейчас позову сторожа и попрошу его выудить вас из пруда. Ведь вы же не водоплавающие!

И Тюлень в самом деле направился к другому берегу звать сторожа и его помощников. Медведей мгновенно выудили, и не двух, а целых трёх. Это очень удивило сторожа. Но ещё больше он удивился, обнаружив среди медведей какое-то существо неизвестной породы, которое, однако, заговорило человечьим языком:

— Синьор сторож, как видите, это явное недоразумение. Я не медведь!

— Я и сам это вижу. Но что же ты делал в пруду?

— Я купался.

— Тогда я прежде всего тебя оштрафую, потому что в общественных местах купаться строжайше воспрещено.

— У меня нет при себе денег, но если вы будете так любезны...

— Я вовсе не любезен, и, пока не получу с тебя штрафа, ты посидишь у меня в клетке с обезьянами. Ты там проведёшь ночь, а утром мы посмотрим, что с тобой дальше делать.

Обезьяна радушно встретила гостя и, не дав ему опомниться, принялась болтать так же бессвязно и путано, как и раньше.

— Я рассказывала вам, — говорила она, раскачиваясь на хвосте, — о путешественнике с красной и бритой головой. Если я говорю, что у него голова была красная и бритая, значит, так оно и было. Я никогда не вру, то есть вру только в случае крайней необходимости, разумеется. Однако, знаете, я люблю приврать. Да-да... У вранья какой-то особый приятный вкус... Иной раз...

— Послушайте, — попросил её Чиполлино, — не могли бы вы отложить свои признания до завтрашнего утра? Мне очень хочется спать.

— Может быть, спеть вам колыбельную? — предложила Обезьяна. — Баюшки-баю...

— Нет, спасибо. Я и так засну.

— Прикрыть вас одеялом?

— Но ведь здесь нет одеял!

— Конечно, нет, — пробурчала Обезьяна. — Я это предложила из вежливости, но если вы хотите, чтобы я была невежливой, то пожалуйста!

Сказав это, обиженная Обезьяна повернулась к нему спиной и замолчала.

Чиполлино, конечно, воспользовался наступившей тишиной, чтобы немедленно заснуть. Напрасно Обезьяна ожидала, что Чиполлино попросит её обернуться. Не дождавшись его просьбы, она решила сменить гнев на милость и снова заговорить с ним. Однако, повернувшись к мальчику, она увидела, что он крепко спит.

Ещё больше разобидевшись, Обезьяна ушла в уголок, свернулась в клубочек и принялась наблюдать за спящим.

Чиполлино пробыл в обезьяньей клетке целых два дня.

Дети, которых приводили в зоологический сад их мамы и няньки, смотрели на него с восхищением: они никогда ещё не видели обезьяны, одетой так же, как и они сами.

Только на третий день бедному Чиполлино, которого вконец извела соседка-обезьяна, удалось послать записочку Вишенке. Тот приехал в город с первым же поездом, заплатил за Чиполлино штраф и освободил его из плена.

Пересчитав деньги, сторож сердечно попрощался со своим пленником и даже попросил его почаще заглядывать в зоологический сад.

— Ладно, ладно! — ответил Чиполлино, торопясь на поезд.

По дороге он прежде всего справился у Вишенки о своих друзьях, оставшихся в пещере, и очень встревожился, узнав, что они бесследно исчезли.

— Не понимаю, — сказал он, пожимая плечами. — В этом убежище они были в полной безопасности. Что же заставило их покинуть пещеру?

ГЛАВА XIX

Путешествие в весёлом поезде

Выйдя из зоологического сада, Чиполлино с Вишенкой сели в поезд.

Об этом поезде я вам ещё ничего не рассказывал. Это был удивительный поезд: он состоял только из одного вагона, и все места в нём были у окон, так что отовсюду были очень хорошо видны пассажирам поля, леса, горы, станции и встречные поезда.

Вы понимаете, как это важно для ребят, едущих в поезде! Сиди себе спокойно у окна и смотри, сколько твоей душе угодно.

В поезде были устроены особые приспособления для толстых пассажиров: углубления с полками, на которые толстяки клали свои животы. Так им было очень удобно ехать, и они никому не мешали.

Когда Чиполлино с Вишенкой садились в поезд, они вдруг услышали голос тряпичника Фасоли:

— Смелее, смелее, синьор барон! Ещё одно усилие — и мы с вами будем в вагоне!

Оказалось, что в поезд садился барон Апельсин. Понятно, из-за толстого живота посадка была для него очень трудным делом. Бедный тряпичник никак не мог втолкнуть барона в вагон. К нему на помощь явились двое носильщиков, но и втроём им не удалось протиснуть пассажира в дверь вагона. В конце концов прибежал начальник станции и тоже упёрся обеими руками в спину барона. К несчастью, начальник станции совсем позабыл, что во рту у него свисток, и нечаянно свистнул.

Машинист решил, что это сигнал к отправлению, и повернул рычаг. Поезд тронулся.

— Стой, стой, стой! — закричал начальник не своим голосом.

— Помогите! — завопил барон Апельсин, багровея от страха.

Однако ему повезло: когда поезд тронулся, произошёл такой сильный толчок, что барон втиснулся наконец в вагон. Толстяк вздохнул с облегчением, положил свой живот на полку в углублении вагона и сейчас же развернул свёрток, в котором был целый жареный барашек.

Благодаря всей этой кутерьме Вишенка и Чиполлино проскользнули в вагон незамеченными.

Во время путешествия барон был слишком занят едой, чтобы обратить внимание на мальчиков. Правда, Фасоль сразу же заметил их, но Вишенка приложил палец к губам, призывая его к молчанию, и тряпичник знаками показал, что он всё понял и не раскроет рта.

Но расстанемся пока с нашими двумя друзьями, которые удобно устроились в вагоне под самым носом у барона Апельсина, опьянённого ароматом жареного барашка, и посмотрим, что делается в других местах.

В те самые минуты, когда поезд проходил мимо знакомого нам леса, какой-то дровосек пришёл на помощь сыщику и его собаке и снял их с дуба, на котором они провисели почти два дня.

Сыщик и его собака размяли ноги и помчались продолжать свои поиски.

Проводив их удивлённым взглядом, дровосек принялся было рубить дуб, как вдруг перед ним появился целый взвод Лимончиков с офицером Лимоном во главе.

— Смирно! — скомандовал офицер. — Руки по швам!

Дровосек уронил топор и вытянул руки по швам.

— Не видел ли ты здесь собаку и её хозяина?

Дело в том, что в замке были очень обеспокоены таинственным исчезновением мистера Моркоу и его собаки и решили послать целый взвод полицейских на розыски. Дровосек, как и все бедняки, не очень-то доверял полиции. Человек и собака, которых он нашёл привязанными к дубу, вели себя очень странно: едва он их освободил, они легли на землю, прислушались к отдалённым звукам и бросились бежать как сумасшедшие.

Дровосеку они и в самом деле показались сумасшедшими. Ни за что в мире не хотел бы он выдать их полицейским, которые, очевидно, собирались арестовать тех, кого искали.

— Человек и собака только что были здесь и пошли вон туда, — сказал он, уверенно показывая в противоположную сторону.

— Вот и прекрасно! — воскликнул офицер Лимон. — Значит, мы сейчас их догоним... Смир-рно!

Дровосек снова вытянул руки по швам, а потом вытер со лба пот и стал рубить свой дуб, глядя вслед Лимону и Лимончикам, которые с каждым шагом удалялись от тех, кого искали.

Не прошло и четверти часа, как дровосек опять услышал быстрые шаги, и перед ним появились запыхавшиеся и усталые мастер Виноградинка, кум Тыква, кум

Черника, адвокат Горошек, скрипач Груша и кума Тыквочка. Они перевели дух и спросили, не видал ли дровосек паренька по имени Чиполлино.

— Я не знаю вашего Чиполлино, — сказал дровосек растерянно, — но здесь не было никакого паренька.

— Если Чиполлино забредёт сюда, передайте ему, пожалуйста, что мы его уже два дня ищем, — сказал мастер Виноградинка, который, по-видимому, был начальником экспедиции.

Вся эта компания умчалась так же поспешно, как и предыдущая.

Прошло около часа, и подрубленное дерево уже готово было повалиться на землю, когда из чащи вышли Чиполлино и Вишенка.

Вишенка решил не возвращаться домой, пока он не поможет Чиполлино найти пропавших друзей. Узнав, что одного из мальчиков зовут Чиполлино, дровосек в точности передал ему слова мастера Виноградинки. Тут только оба мальчика поняли, что беглецы покинули пещеру для того, чтобы искать пропавшего Чиполлино.

Так разъяснилась тайна их исчезновения.

Мальчики простились с дровосеком, и он опять остался один. Но до наступления вечера его ожидало ещё очень много встреч и приключений.

Сначала к нему явились Редиска и другие ребята, которые тоже искали Чиполлино, потом притащился не кто иной, как синьор Помидор в сопровождении синьора Петрушки. Они разыскивали Вишенку и были совершенно уверены, что его похитили беглецы, скрывающиеся в лесу.

Наконец, перед самым заходом солнца дровосек услышал целый оркестр колокольчиков. Сначала он подумал, что это возвращаются полицейские, которые допрашивали его утром. Однако на этот раз в лес пожаловал сам принц Лимон собственной персоной.

Озабоченный тем, что его верная стража так долго не возвращается, он сам пустился в путь ей навстречу. В одной карете с ним ехали графини Вишни. Польщённые тем, что им довелось сопровождать принца, они весело и непринуждённо болтали, будто ехали не по делу, а на охоту.

Дровосек попытался было спрятаться за деревьями: он знал, что бедняки не должны показываться на глаза принцу, потому что это вредно для желудка и печени его высочества. Но один из придворных, старый, сморщенный Лимон, сидевший в карете справа от его высочества, заприметил дровосека и окликнул его:

— Эй ты, оборванец!

— Что угодно вашей милости? — пролепетал дровосек.

— Не видел ли ты тут взвода полицейских?

Дровосек, как вы знаете, повидал за этот день не только взвод полицейских, но и много самого разнообразного народа. Однако, когда разговариваешь с принцем Лимоном, всегда лучше на всякий случай сказать, что ничего и никого не видел.

Так дровосек и ответил: знать, мол, ничего не знаю, ведать не ведаю. Если бы он сказал: «Да, я их видел», — ему бы, конечно, задали много других вопросов и, может быть, в конце концов ни за что ни про что засадили бы в тюрьму. А на нет, как говорится, и суда нет.

Принц и его свита направились в ту же сторону, что и взвод полицейских.

Вечер наступил быстро. Ради краткости и занимательности нашей истории скажем, что сразу настала темнота. В темноте, как известно, приключения всегда интереснее — особенно в тех случаях, когда речь идёт о побегах, поисках, погоне.

А ведь в ту минуту, когда на лес спускается ночная тьма, все действующие лица нашей повести заняты именно поисками и погоней.

Сыщик и его собака ищут беглецов; полицейские ищут сыщика; принц ищет полицейских; мастер Виноградинка и его друзья отправились на поиски Чиполлино; Чиполлино и Вишенка разыскивают мастера Виноградинку; Редиска ищет Чиполлино; кавалер Помидор и синьор Петрушка ищут Вишенку.

А под землёй — вы, наверно, об этом и не подумали — старый Крот ищет всех сразу. Накануне он наве-

дался в пещеру, в которой жили пленники, и нашёл там записку: «Чиполлино исчез. Идём его разыскивать. Если что-нибудь узнаете, сообщите нам».

Как только Крот прочёл эти слова, он начал усердно рыть ходы во все стороны. Работая, он слышал, как по лесу над его головой всё время ходили люди поодиночке или целыми отрядами. Но все они пробегали так быстро, что, вылезая на поверхность, Крот уже никого не находил.

Одних только волков не слышно было в этот вечер. Волки думали, что на них идёт облава, и спрятались в самой глубине леса.

ГЛАВА XX

Герцог Мандарин и жёлтая бутылка

После того как графини с принцем уехали в карете, барон Апельсин и герцог Мандарин остались полными хозяевами замка. Кроме этих двух весьма почтенных особ, в комнатах не было ни души. Прислуга, конечно, в счёт не шла.

Герцог первый обнаружил, что все обитатели замка их покинули.

По своему обыкновению, он взобрался на подоконник и стал угрожать, что бросится вниз и разобьётся вдребезги, если...

Но некому было слушать его угрозы.

«Странно! — раздумывал герцог, приставив палец ко лбу. — Обе кузины должны были бы уж давно услышать мои крики и примчаться ко мне на помощь. Почему же никто в этот раз не отзывается? Может быть, я недостаточно громко кричу?»

Герцог взвизгнул ещё несколько раз, а затем осторожно спустился с подоконника и пошёл к барону.

— Дорогой кузен... — сказал он, входя.

— М-м-м... — промычал барон, выплёвывая крылышко цыплёнка, которое стало ему поперёк горла.

— Знаете новость?

— Привезли кур в курятник? — спросил барон Апельсин, который только в этот день убедился, что истребил всех пернатых в замке и в деревне, и теперь доедал последнего тощего цыплёнка.

— Да что там куры! — ответил герцог. — Мы остались одни, одни! Нас бросили... Замок покинут...

Барон встревожился:

— Так кто же приготовит нам ужин?

— Вы только и беспокоитесь что об ужине! А что, если бы нам с вами воспользоваться отсутствием наших дорогих хозяек и осмотреть погреб замка? Я слышал, что там много вин самых дорогих марок.

— Не может быть! — воскликнул барон. — За столом нам подают только дрянное вино, от которого у меня надолго остаётся изжога и отрыжка.

— Вот именно, — сказал герцог. — Нам-то они дают плохое вино, а у себя в погребе прячут хорошее. Его будут подавать на стол, когда вы уедете отсюда.

По правде сказать, герцогу не так уж важно было вино — ему хотелось на свободе обследовать подвалы, потому что он слышал, будто в одной из стен графини замуровали сокровища, доставшиеся им в наследство от старого графа Вишни.

— Если дела обстоят так, как вы говорите, — решил разгневанный барон, — то нам следует спуститься в погреб и удостовериться собственными глазами. Наши кузины совершают тяжкий грех, если они в самом деле прячут от нас хорошее вино. Нужно откупорить их винные бочки и спасти их души! По-моему, это наш долг.

— Однако же, — продолжал герцог, наклоняясь к уху барона, — лучше было бы отпустить на сегодня этого вашего... как его зовут? Фасоль, что ли? Пойдём в погреб без него. Я сам повезу вашу тачку.

Барон сейчас же согласился, и Фасоль получил отпуск на весь вечер.

Но почему же, спросите вы, герцог не пошёл в погреб один, если уж он хотел найти спрятанные там сокровища? Да потому, что если бы их застали врасплох, он мог бы свалить всю вину на барона Апельсина. У него уже был заранее заготовлен ответ: «Мне пришлось сопровождать барона помимо моей воли. Он искал бутылку вина, чтобы утолить жажду».

Всё это герцог хорошо обдумал, но спуститься в погреб оказалось нелёгким делом и для него и для барона. Барон тяжело переводил дух, а герцог обливался потом, толкая тачку, на которой лежал живот барона. Тачка оказалась тяжелёхонькой — хорошо ещё, что везти её пришлось не вверх, а вниз, и ступенек было не так уж много. О возвращении из погреба герцог пока не думал. «Как-нибудь выберусь», — говорил он себе.

Под тяжестью живота барона тачка покатилась вниз по ступенькам с такой скоростью, что, если бы окованная медью дверь погреба была закрыта, герцог и барон неминуемо расшиблись бы в лепёшку. Однако, к счастью для них, внутренняя дверь оказалась открытой. Увлекаемые тачкой, герцог и барон так и слетели со ступенек и, не останавливаясь, помчались дальше по широкому коридору между двух рядов огромных бочек, на которых стояли тысячи бутылок с запылёнными ярлыками.

— Стойте, стойте! — кричал барон. — Посмотрите, сколько здесь этой божьей милости!

— Дальше, дальше! — отвечал герцог. — Там впереди вино ещё лучше.

Барон, видя, как проносятся мимо него целые армии бочек, целые батальоны бочонков, бочоночков, бутылок и фляжек, сокрушённо вздыхал.

— Прощайте, прощайте, бедняжки! — говорил он бутылкам, провожая их глазами. — Прощайте, не мне суждено откупорить вас!

В конце концов герцог почувствовал, что тачка катится всё медленнее и можно наконец остановиться. Как раз в этом самом месте, в левом ряду бочек, он увидел узкий проход, а в глубине прохода — маленькую дверцу.

Барон, удобно усевшись на земле, протягивал руки то направо, то налево и, не тратя даром ни минуты, хватал по две, по три бутылки, вытаскивал пробки зубами, которые у него давно уже стали крепче железа от постоянного упражнения, и опрокидывал содержимое бутылок себе в рот. Он прервал это занятие только для того, чтобы испустить вздох удовлетворения. Герцог долго глядел на него, а потом махнул рукой и углубился в проход.

— Куда это вы идёте, любезный кузен? Почему бы и вам не воспользоваться этим божьим даром?

— Я ищу бутылку очень редкой марки. Кажется, я вижу её там, в глубине.

— Небо вознаградит вас за такую заботливость! — пробулькал барон в перерыве между глотками. — Вы напоили жаждущего и поэтому сами никогда не умрёте от жажды.

Но герцог не слышал его — он был очень озабочен. У дверцы не оказалось ни замка, ни скважины для ключа.

— Странно... — пробормотал сквозь зубы герцог. — Может быть, здесь есть какая-нибудь секретная пружина?

Он начал ощупывать дверцу сантиметр за сантиметром, ища секретный замок. Но сколько он ни щупал её, сколько ни нажимал на малейшие выступы, дверца оставалась запертой.

Тем временем барон, покончив с бутылками, стоявшими поблизости от него, в свою очередь пробрался

в проход между бочками и очутился рядом с герцогом, который то царапал дверцу ногтями, то стучал по ней кулаком, всё более раздражаясь.

— Что вы делаете, дражайший кузен?

— Да вот хочу открыть эту дверцу. Мне кажется, что за ней находятся самые ценные вина. Вы останетесь довольны, если отведаете их.

— Стоит ли беспокоиться! — ответил захмелевший барон. — Лучше протяните-ка мне вон ту бутылку с жёлтой этикеткой. Это, наверно, китайское вино, а я его никогда не пробовал.

Герцог стал озираться по сторонам в поисках бутылки, на которую ему указывал барон. Наконец он её увидел.

Это была бутылка обычных размеров, в точности такая же, как и другие. Она отличалась от них только цветом своей наклейки. У всех остальных бутылок были красные ярлыки, а у этой — жёлтый. Герцог, проклиная в душе ненасытность барона, рассеянно протянул руку, чтобы взять бутылку.

Странно! Бутылка словно приросла к полке. Герцог никак не мог сдвинуть её с места.

— Она как будто свинцом налита, — заметил он с удивлением и дёрнул за горлышко изо всех сил.

Но едва он оторвал бутылку от полки, как таинственная дверца стала медленно и бесшумно поворачиваться на петлях. Барон с изумлением смотрел на неё.

— Мой кузен! Дорогой кузен! — кричал он. — Это не бутылка — это ключ! Смотрите: вы открыли дверцу!

«Так вот в чём был секрет этого замка, а я и не догадался», — укорял себя герцог.

Но не успел он подумать это, как дверца распахнулась настежь и на пороге появился мальчик, который вежливо поклонился герцогу и барону и воскликнул тоненьким, серебристым голоском:

— Добрый день, синьоры! Я очень благодарен вам за то, что вы оказали мне эту любезность. Я уже три часа тщетно пытаюсь открыть дверь. Как это вы догадались, что я приду именно отсюда?

— Вишенка! — в один голос закричали герцог и барон.

— Мой дорогой Вишенка... — прибавил барон, который от хмеля сделался очень добродушным и ласковым. — Дорогой Вишенка, иди ко мне, я тебя поцелую!

Герцог не выказывал ни малейшего восторга.

«Что делает здесь этот маленький шалопай?» — думал он с досадой. Но, не желая показать, что он недоволен встречей, сказал громко:

— Дорогой Вишенка, для нас большая радость предупреждать все твои желания!

Но Вишенка вдруг нахмурился и заговорил холодно и резко:

— Так как я не сообщал вам, кузены, что вернусь в замок через этот потайной ход, а в замке, кроме вас, никого сейчас нет, то я думаю, что вы проникли сюда не с добрыми намерениями. Говоря попросту, вы затеяли какую-то мошенническую проделку. Но об этом мы будем судить позже... А сейчас разрешите мне представить вам моих друзей.

И, посторонившись, Вишенка пропустил вперёд одного за другим всех своих приятелей: Чиполлино, Редиску, мастера Виноградинку, кума Тыкву, адвоката и всех прочих.

— Да это же настоящее вторжение! — воскликнул ошеломлённый герцог.

Это и вправду было вторжение, и затеял его Вишенка.

Бродя по лесу, Чиполлино и Вишенка в конце концов встретились со своими друзьями и вскоре узнали, что все их противники, за исключением герцога и барона, покинули замок. Вишенке было известно, где находится потайной ход, ведущий из леса в погреб, и он предложил спутникам захватить вражескую крепость.

Как вы видели, захват удался блестяще. Герцога заперли в его комнате, а сторожить его поручили тряпичнику Фасоли.

Барона же оставили в погребе, потому что ни у кого не было охоты тащить эту тяжёлую тушу вверх по лестнице.

ГЛАВА XXI

Мистер Моркоу назначен иностранным военным советником

Когда наступил вечер и замок погрузился во тьму, кое-кто из друзей начал проявлять беспокойство.

— Что мы будем делать дальше? — спрашивала кума Тыквочка. — Не можем же мы остаться здесь навсегда! Это ведь не наш дом. У нас — свои дома, свои заботы и своя работа.

— Да мы вовсе и не собираемся оставаться здесь, — ответил Чиполлино. — Мы вступим с врагами в переговоры и потребуем только свободы для всех нас. Когда мы будем совершенно уверены в том, что никому из нас не причинят зла, мы немедленно уйдём из замка.

— Но как же мы будем защищаться? — вмешался синьор Горошек. — Ведь оборона замка — довольно сложная военная операция. Нужно хорошо знать стратегию, тактику и баллистику.

— Что такое баллистика? — спросила кума Тыквочка. — Не пугайте нас, пожалуйста, непонятными словами, синьор адвокат.

— Я только хочу напомнить, — пояснил Горошек, краснея, — что среди нас нет ни одного генерала. А как воевать, если во главе армии нет генерала?

— Там в лесу сейчас находится по крайней мере сорок генералов, — сказал Чиполлино, — а всё-таки они не сумели поймать нас.

— Поживём — увидим, — буркнул Горошек и тяжко вздохнул.

Он не хотел больше спорить, но не верил, что можно выдержать долгую осаду без генерала, который знал бы стратегию, тактику и баллистику.

— У нас нет пушек, — робко вмешался кум Тыква.

— У нас нет пулемётов, — пробормотал Лук Порей.

— У нас нет ружей, — добавил мастер Виноградинка.

— У нас будет всё, что нужно, — сказал Чиполлино. — Не беспокойтесь. А сейчас нам пора спать.

Все отправились на ночлег.

На широкую кровать барона Апельсина легло семеро, и на ней ещё осталось место для восьмого. А кум Черника и кум Тыква ушли в свой домик, стоявший в парке.

Мастино, которого незадолго перед тем снова поселили в домике, принял их не очень-то дружелюбно. Но, к счастью, этот свирепый пёс всегда уважал закон: посмотрев на предъявленные документы, он вынужден был признать, что домик ему не принадлежит, и согласился уйти в свою старую конуру.

Кум Тыква поудобнее уселся в домике и высунулся в окошечко, а кум Черника улёгся у его ног.

— Какая чудная ночь, — говорил кум Черника, — какое ясное небо! Смотрите, что это там взлетает ввысь?.. Неужели ракеты?

Действительно, принц Лимон устроил в лесу фейерверк, чтобы развлечь графинь.

Фейерверк у него был особенный. Он связывал своих солдат-Лимончиков попарно и стрелял ими из пушки вместо ракет. Ему казалось это очень забавным зрелищем.

В конце концов синьор Помидор подошёл к принцу и прошептал ему на ухо:

— Ваше высочество, простите меня, но этак вы истребите всю свою армию!

Только тогда принц велел прекратить развлечение, но при этом сказал со вздохом:

— Ах, какая жалость!

— Ага, — сказал кум Тыква, выглядывая из окна, — фейерверк кончился.

Принц принялся считать уцелевших солдат, чтобы выяснить, можно ли продолжать погоню за беглецами. Оказалось, что для этой цели солдат ещё достаточно. Тем не менее погоню решено было отложить до утра.

А пока принц приказал раскинуть в лесу роскошную палатку для графинь. Их уложили на очень мягкую постель, но от пережитого волнения и любопытства они ещё долго не могли уснуть.

Около полуночи кавалер Помидор пошёл погулять по

лесу, чтобы успокоить нервы. (Ах да, я ведь не сказал вам, что от досады и злости у него после фейерверка начались судороги.)

«Какая глупость, — думал кавалер, — извести на ракеты столько здоровых солдат!»

Он поднялся на высокий холм, надеясь заприметить где-нибудь костёр, который беглецы разожгут на привале.

Но вместо этого, к своему удивлению, он увидел, что окна замка ярко освещены.

«Должно быть, барон и герцог развлекаются без нас в замке, — подумал он раздражённо. — Ладно же! Когда мы наконец поймаем беглецов и покончим с Чиполлино, непременно нужно будет развязаться и с этими двумя дармоедами».

Он продолжал смотреть на замок, и злость его возрастала с каждой минутой.

«Бездельники! — думал он гневно. — Бандиты с большой дороги! Они разорят этих старых дур-графинь, а мне останутся только пустые бутылки да груды телячьих и цыплячьих костей!»

Постепенно во всех окнах замка свет погас, и только одно окно продолжало светиться.

— Скажите, пожалуйста, герцог Мандарин не может спать без света! — шипел синьор Помидор сквозь зубы. — Ему, изволите ли видеть, страшно оставаться в темноте. Но что же это он делает? Совсем из ума выжил! Он забавляется тем, что тушит и зажигает свет. В конце концов он испортит выключатель, устроит короткое замыкание, и замок сгорит. Брось! Брось сейчас же! Слышишь, что я тебе говорю!

Синьор Помидор и сам не заметил, что кричит уже во весь голос.

На мгновение он умолк и призадумался.

«А что, если это какие-нибудь тайные сигналы? — вдруг подумал он, обнаружив, что эта дурацкая забава настойчиво повторяется. — Сигналы? Но какие? С какой целью? К кому они обращены? Я бы дал золотой, чтобы узнать, что они означают. Три короткие вспышки... три длинные... снова три короткие. Темнота. А вот всё начинается снова: три короткие вспышки... три длинные... опять три короткие. Герцог, наверно, слушает радио и аккомпанирует музыке, выключая и зажигая свет. Держу пари, что это именно так. Вот чем развлекается бездельник!»

Синьор Помидор вернулся в лагерь и, встретив одного из придворных, который казался ему человеком сведущим, спросил у него, не знает ли он случайно сигнальной азбуки.

— Разумеется, — ответил Лимон. — Я доктор и профессор сигнализации и даже окончил специальный факультет.

— Ну, так не скажете ли вы мне, что значит вот такой сигнал? — И синьор Помидор сообщил профессору, какие сигналы подавал из окошка замка герцог.

— С... О... С... Да это же сигнал бедствия! Мольба о помощи!

«О помощи? — с тревогой подумал синьор Помидор. — Так, значит, это не игра. Герцог пытается известить нас о чём-то при помощи сигналов. Значит, он в опасности, если передаёт такой сигнал».

И, не раздумывая долго, кавалер поспешно направился к замку.

Войдя в парк, он посвистел, чтобы подозвать к себе Мастино.

Синьор Помидор ждал, что пёс выскочит из уютного домика, но с удивлением увидел, что Мастино, прижав уши, выполз из своей старой конуры.

— Что случилось? — спросил кавалер Помидор.

— Я уважаю закон, — с недоумением ответил пёс. — Законные владельцы предъявили мне бесспорные документы, и мне пришлось уступить им домик.

— Какие такие законные владельцы?

— Некий Тыква и некий Черника.

— А где они сейчас?

— Спят в своём домике. По крайней мере, я так предполагаю, хоть и не могу понять, как это можно спать в таком неудобном положении. Но, очевидно, в замке для них не хватило места.

— А кто же ночует в замке?

— О, много пришлого народу! Публика самого низкого разбора, как, например, сапожники, музыканты, редиски, луковицы и всякий прочий сброд.

— Значит, там и Чиполлино?

— Да, мне кажется, что одного из них именно так зовут. Насколько я мог понять, герцога очень оскорбило присутствие такой компании в замке: он заперся в своих комнатах и не показывался целый вечер.

«Значит, он в плену, — решил Помидор. — Час от часу не легче!»

— Что же касается барона Апельсина, — продолжал пёс, — то он тоже заперся, но не у себя в комнате, а почему-то в погребе. Вот уже несколько часов я только и слышу, как хлопают в погребе пробки.

«У, проклятый пьяница!» — проворчал про себя синьор Помидор.

— Но я не могу понять, — сказал Мастино, — как это наш Вишенка, забыв о своём графском титуле, общается с людьми столь низкого происхождения!

Синьор Помидор сейчас же помчался в лес, разбудил принца и обеих графинь и рассказал им ужасные новости. Графини хотели было сейчас же вернуться в замок, но принц посоветовал им не торопиться.

— После наших вечерних развлечений, — сказал он, — у нас нет достаточного количества солдат для ночного штурма. Подождём рассвета. Это благоразумнее.

Он позвал синьора Петрушку, который был силён в арифметике, и велел ему снова подсчитать силы, оставшиеся в распоряжении его высочества.

Синьор Петрушка вооружился куском мела, а также грифельной доской и обошёл все палатки, отмечая крестиком каждого солдата и двойным крестиком каждого генерала. Оказалось, что у принца остаётся ещё восемнадцать Лимончиков-солдат и сорок Лимонов-генералов — всего пятьдесят восемь человек, если не считать синьора Помидора, синьора Петрушки, самого принца Лимона, двух графинь, сыщика, его собаки и нескольких лошадей.

Кавалер Помидор не видел толку в лошадях, но синьор Петрушка стал горячо доказывать, что при штурмах крепостей кавалерия бывает очень полезна, а иной раз даже необходима.

Завязался долгий стратегический спор, и в конце концов принц Лимон, согласившись с доводами синьора Петрушки, поручил ему командование кавалерийским отрядом.

План сражения был разработан при участии мистера Моркоу, которого по этому случаю спешно возвели в ранг иностранного военного советника.

Военный советник сразу же приступил к исполнению своих обязанностей.

Первым делом он посоветовал всем генералам и солдатам вымазать себе лица углём или сажей, чтобы напугать осаждённых. Принцу эта затея очень понравилась. Он приказал откупорить несколько бутылок вина и, выстроив своих генералов в ряд, принялся собственноручно раскрашивать им лица жжёной пробкой. Генералы, удостоившиеся этой высокой чести, были очень польщены.

К восходу солнца у всех генералов и солдат почернели лица. Но принц этим не удовольствовался. У него осталось ещё много неизрасходованной жжёной пробки, и он потребовал, чтобы обе графини и синьор Помидор тоже вымазали себе лица сажей.

Графини не осмелились возражать принцу и подчинились его приказу со слезами на глазах.

Наступление началось ровно в семь часов утра.

ГЛАВА XXII

О том, как барон погубил двадцать генералов, сам того не желая

Первая часть стратегического плана состояла в следующем: собака сыщика, пользуясь естественной дружбой, связывавшей её с графским псом Мастино, должна была уговорить его открыть ворота парка. Отсюда в парк должен был проникнуть кавалерийский эскадрон под командой синьора Петрушки. Однако эта часть плана рухнула, потому что ворота парка не были заперты. Напротив, они оказались распахнутыми настежь. У ворот стоял навытяжку Мастино и отдавал честь хвостом.

Собака сыщика в испуге вернулась обратно и сообщила об этом странном обстоятельстве.

— Здесь-то и зарыта собака, — сказал мистер Моркоу, употребляя выражение, весьма распространённое у иностранных военных советников.

— Факт, факт! Именно здесь она зарыта! — поддержала хозяина собака.

— Что за собака и где она зарыта? — спросил принц.

— Ваше высочество, тут дело не в собаке. Если мятежники оставили ворота открытыми, значит, тут приготовлена для нас ловушка.

— Тогда давайте войдём в парк через заднюю калитку, — предложил принц.

— Но и задняя калитка тоже открыта!

Генералы Лимонной армии серьёзно призадумались — вернее, они не знали, что и думать. Самому же принцу эта война стала уже надоедать.

— Она что-то слишком долго длится, — пожаловался он кавалеру Помидору. — Такая затяжная и трудная война! Если бы я предвидел это заранее, я бы не стал её и начинать.

Чтобы ускорить дело, принц решил принять личное участие в операциях. Он выстроил своих сорок генералов и скомандовал:

— Смир-р-но!

Сорок генералов так и застыли на месте.

— Вперёд, мар-р-ш! Раз-два, раз-два...

Героический отряд вошёл в ворота парка и зашагал к замку, который, как вы знаете, находился на вершине небольшого холма.

Подъём показался принцу утомительным. Он стал задыхаться, вспотел и решил вернуться обратно, передав командование Лимону первого класса.

— Продолжайте наступать, — сказал он, — а я иду разрабатывать план общего штурма. Благодаря моему личному вмешательству первая

линия обороны уже взята. Вам же я поручаю захватить замок.

Лимон первого класса отдал принцу честь и принял командование. Пройдя пять метров, он объявил пятиминутный привал. Отсюда до замка оставалось всего лишь около ста шагов, и командующий уже готовился отдать приказ о последнем натиске, как вдруг послышался страшный грохот, и с вершины холма навстречу генералам устремился какой-то снаряд поистине невиданных размеров. Все сорок генералов, не ожидая команды Лимона первого класса, разом повернулись спиной и ринулись вниз со всей поспешностью, на какую были способны. Однако они не могли сравняться в скорости с таинственным снарядом, который через несколько секунд обрушился на них, раздавил десятка два генералов, словно спелые сливы, а затем покатился дальше, за ворота. По пути он разметал кавалерию синьора Петрушки, готовившуюся к атаке, и опрокинул карету графинь Вишен. Когда же он остановился, все увидели, что это не магнитная мина и не бочка с динамитом, а попросту несчастный барон Апельсин.

— Дорогой кузен, это вы? — закричала графиня Старшая, вылезая из лежащей на боку кареты.

Графиня была вся в пыли, её растрёпанные волосы развевались по ветру, а всё лицо было густо вымазано сажей.

— Я не имею чести знать вас, синьора. Я никогда не бывал в Африке, — пробормотал барон.

— Да ведь это я, я, графиня Старшая!

— О небо, как же это вам пришло в голову так измазаться?

— Это было сделано по стратегическим соображениям, барон... Но скажите лучше, как это вы обрушились на нас?

— Я прибыл к вам на помощь. Правда, немного странным способом, но у меня не было другого выхода. Я всю ночь выбирался из винного погреба, где меня заперли эти разбойники. Можете себе представить, мне пришлось прогрызть дверь погреба зубами!

— О да, вы способны прогрызть днища полудюжины бочек! — проворчал синьор Помидор, не переставая дрожать от страха.

— Выбравшись из погреба, я просто покатился с горы и, кажется, по дороге раздавил целый отряд негров, который, вне всякого сомнения, шёл на помощь этим разбойникам, захватившим ваш замок.

Когда графиня Старшая объяснила кузену, что это были вовсе не негры, а сорок Лимонных генералов, бедный барон очень огорчился, но в глубине души всё-таки был горд своим весом и силой.

Принц Лимон в эту минуту принимал ванну у себя в палатке. Узнав о гибели своих передовых частей, он сначала подумал, что враг предпринял вылазку и неожиданной атакой рассеял его отряд. Когда же его высочеству доложили, что виновником несчастья был его союзник, полный самых благих намерений, принц пришёл в ярость.

— У меня нет никаких союзников — я веду свои войны сам за себя и сам по себе! — сказал он с негодованием. И, собрав оставшиеся войска — генералов, солдат и вспомогательный состав, общим счётом тридцать человек, — он произнёс речь, которую заключил словами: — Спаси меня, боже, от друзей, а от врагов я уж как-нибудь сам постараюсь избавиться!

Принц Лимон был, в сущности, прав. Друзья у принцев всегда бывают опаснее врагов, и принцам остаётся только находить утешение в старых, избитых и довольно нескладных пословицах.

Ровно через четверть часа принц Лимон пришёл в себя и приказал начать новую атаку. Десять человек бегом помчались вверх на холм, испуская дикие крики, чтобы напугать хотя бы детей и женщин, находившихся среди осаждённых. Атакующих встретили очень любезно. Я бы сказал, даже слишком любезно. Чиполлино приспособил пожарные насосы к самым пузатым бочкам винного погреба. Когда Лимончики подошли на расстояние выстрела, Чиполлино приказал:

— Вином — по врагу, пли!

(Он должен был бы скомандовать «Огонь!», но ведь в его распоряжении были только насосы — орудия для тушения огня, а не для разжигания его.)

Осаждающих окатили мощными потоками ароматной, опьяняющей красной жидкости. Вино заливало им глаза, попадало в рот, в нос и в уши.

Лимончики неминуемо захлебнулись бы или опьянели бы до бесчувствия, если бы вовремя не отступили. Кто бегом, кто ползком, пустились они в обратный путь, преследуемые струями из насосов.

Когда они добрались до подножия холма, то, к великому возмущению обеих графинь, среди них не оказалось ни одного трезвого Лимончика.

Можете себе вообразить, как разгневался, узнав об этом, принц Лимон:

— Позор! Вас нужно всех отколотить палками! Разве можно пить красное вино натощак? Так порядочные люди не поступают. Видите, вот ещё десять человек вышло из строя!

И в самом деле, десять воинов из армии принца один за другим улеглись у ног его высочества и разом, как по команде, захрапели.

Положение становилось с каждой минутой всё тревожнее и опаснее.

Синьор Помидор рвал на себе волосы и умолял мистера Моркоу:

— Да посоветуйте же что-нибудь! Ведь вы же иностранный военный советник, чёрт вас побери!

А в замке, как вы сами понимаете, царило в это время ликование. Добрая половина врагов была выведена из строя. Скоро, скоро белый флаг взовьётся там, внизу, между двумя красными столбами ворот!

ГЛАВА XXIII

Чиполлино знакомится с пауком-почтальоном

Нет, я не буду обманывать вас: не взвился белый флаг между столбами ворот. Вместо этого на поле боя прибыла целая дивизия Лимончиков, спешно присланная из столицы, и нашим друзьям осталось либо сдаться, либо бежать.

Чиполлино попытался бежать через погреб, но подземный ход, который вёл в лес, был захвачен войсками принца. Кто же открыл Лимончикам потайной ход, о существовании которого они и не подозревали?

Этого я тоже от вас не скрою: предателем оказался синьор Горошек.

Когда дела у Чиполлино и его компании приняли дурной оборот, адвокат сразу же перешёл на сторону врагов, боясь, как бы его не повесили во второй раз.

Синьор Помидор так обрадовался, захватив Чиполлино, что отпустил всех остальных пленников по домам. Только Вишенку в наказание заперли на чердаке. А Чиполлино отправили в тюрьму в сопровождении целой роты Лимончиков и засадили в подземную камеру.

Два раза в день тюремщик Лимонишка приносил ему похлёбку из хлеба и воды в щербатой миске. Чиполлино съедал похлёбку не глядя — во-первых, потому, что был очень голоден, а во-вторых, потому, что в его камере никогда не было света.

Всё остальное время Чиполлино лежал на койке и думал: «Только бы увидеться с отцом! Или хоть, по крайней мере, дать ему знать, что я тоже тут, в одной с ним тюрьме».

Днём и ночью патруль Лимончиков ходил мимо двери камеры, громко стуча каблуками.

— Подбейте, по крайней мере, каблуки резиной! — кричал Чиполлино, которому эти шаги не давали спать.

Но тюремщики не оборачивались на его крик.

Через неделю за ним пришли.

— Куда вы меня ведёте? — спросил Чиполлино.

Он решил, что его тащат на виселицу. Но его всего-навсего вывели во двор на прогулку. Направляясь к дверям по длинному тюремному коридору, Чиполлино сердился на свои ноги, которые отвыкли ходить, на глаза, которые отвыкли от света и слезились.

Двор был круглый. Заключённые, одетые в одинаковую арестантскую одежду, с чёрными и белыми полосами, гуськом ходили один за другим по кругу.

Говорить было строжайше запрещено. В центре круга стоял Лимонишка и выбивал дробь на барабане:

— Раз-два, раз-два...

Чиполлино вступил в круг. Впереди него шагал старый арестант со сгорбленной спиной и седыми волосами. Время от времени он глухо кашлял, и его плечи судорожно вздрагивали.

«Бедный старик, — подумал Чиполлино. — Если бы он не был так стар, он был бы похож на моего отца!»

Пройдя ещё немного, старик так закашлялся, что принуждён был выйти из строя и прислониться к стене, чтобы не упасть.

Чиполлино бросился к нему на помощь и тут только увидел его лицо, изборождённое глубокими морщинами. Заключённый посмотрел на мальчика потухшими глазами и вдруг схватил его за плечи:

— Чиполлино, мой мальчик!

— Отец! Как же ты постарел!..

Отец и сын, плача, обнялись.

— Не плачь, милый, — бормотал старик. — Будь молодцом, Чиполлино!

— Я не плачу, отец. Мне только больно видеть тебя таким слабым и больным. А я-то обещал освободить тебя!

— Не горюй, придут и для нас счастливые дни.

В эту минуту Лимонишка, отбивавший дробь, сильно стукнул по своему барабану:

— Эй, вы, двое! Разве не видите, что вы мне сбили весь строй? Марш вперёд!

Старый Чиполлоне поспешно оторвался от сына и занял своё место в цепочке арестантов, шагавших по двору. Они ещё два раза обошли двор, а затем в том же порядке двинулись обратно в коридор, ведущий в камеры.

— Я пришлю тебе весточку, — прошептал на прощание старый Чиполлоне.

— Но каким образом?

— Увидишь. Бодрись, Чиполлино!

— Будь здоров, отец!

Старик скрылся в своей камере. Камера Чиполлино была двумя этажами ниже, в подземелье. Теперь, когда Чиполлино повидался с отцом, камера уже не казалась ему такой тёмной. В конце концов, немножко света всё же проникало через окошечко, выходившее в коридор. Однако света было так мало, что можно было видеть только слегка поблёскивавшие штыки Лимончиков, шагавших взад и вперёд по коридору.

На следующий день, когда Чиполлино, чтобы убить время, считал, сколько раз промелькнут за окошечком штыки часовых, он вдруг услышал, как его зовёт какой-то странный, едва уловимый голосок, идущий неизвестно откуда.

— Кто меня зовёт? — спросил он удивлённо.

— Посмотри-ка на стенку.

— Смотрю во все глаза, но и стены-то не вижу.

— А я вот здесь, у окошечка.

— А, теперь вижу! Ты паук. Да что ты тут делаешь? Ведь здесь и мух-то нет.

— Я паук Хромоног. Моя паутина в камере верхнего этажа. Когда я хочу есть, то заглядываю в свои сети и всегда нахожу там что-нибудь съедобное.

Какой-то Лимонишка грубо стукнул в дверь:

— Эй, замолчи! С кем ты там разговариваешь?

— Я читаю молитвы, которым меня научила моя мать, — ответил Чиполлино.

— Молись потише, — приказал тюремщик. — Ты нас с ноги сбиваешь!

Лимончики были такие тупицы, что при малейшем шуме не могли идти в ногу.

Паук Хромоног спустился пониже и прошептал своим тонким, как паутинка, голоском:

— Я принёс тебе письмецо от отца.

И действительно, он опустил опутанную паутиной записочку. Чиполлино схватил её и сейчас же прочёл. В записочке говорилось:

«Дорогой Чиполлино, я знаю все твои приключения. Не огорчайся, что дела твои идут хуже, чем ты ожидал. На твоём месте я вёл бы себя так же, как ты. Конечно, сидеть в тюрьме очень неприятно, но я полагаю, что здесь ты многому научишься и у тебя будет время поразмыслить о том, что ты видел и пережил. Тот, кто принесёт тебе это письмо, — наш тюремный почтальон. Доверься ему во всём и пошли мне через него весточку. Горячо обнимаю тебя. Твой отец Чиполлоне».

— Прочёл до конца? — спросил Хромоног.

— Да, прочёл.

— Ладно. Теперь положи письмецо в рот, разжуй и проглоти. Стража не должна его видеть.

— Сделано, — сказал Чиполлино, разжёвывая записку.

— А пока, — сказал Хромоног, — до свидания.

— Куда ты идёшь?

— Почту разносить.

Тут только Чиполлино разглядел, что у паука висит на шее сплетённая из паутинок сумка — вроде той, какую носят почтальоны. Сумка была полна записочек.

— Ты разносишь эти письма по камерам?

— Уже пять лет, как я этим занимаюсь: каждое утро обхожу камеры и собираю письма, а потом их разношу. Охрана ещё ни разу меня не поймала и не нашла ни одной записочки. Таким образом заключённые могут поддерживать связь друг с другом, не боясь, что их письма попадут в чужие руки.

— А откуда они берут бумагу?

— Они пишут вовсе не на бумаге, а на обрывках рубашек.

— Теперь я понимаю, почему у этой записочки был такой странный вкус, — сказал Чиполлино.

— А чернила, — продолжал паук, — делаются из арестантской похлёбки с примесью толчёного кирпича.

— А кирпич откуда?

— Да ведь стены-то в тюрьме кирпичные!

— Понятно, — сказал Чиполлино. — Заходи, пожалуйста, завтра в мою камеру. Я тебе дам письмецо.

— Обязательно зайду, — обещал почтальон и отправился своим путём, чуть-чуть прихрамывая.

— Ты что, ушиб ногу? — спросил Чиполлино.

— Да нет, это ревматизм. Понимаешь ли, мне вредно жить в сырости. Я уже старик, мне бы нужно переселиться в деревню. Там у меня есть брат, который живёт на кукурузном поле. Каждое утро он раскидывает меж стеблей свою паутину и целый день наслаждается солнцем и чистым воздухом. Он много раз приглашал меня к себе, но ведь я не могу бросить свою работу. Когда берёшься за что-нибудь, так уж надо выполнять дело до конца. А кроме того, у меня свои счёты с принцем Лимоном. Его придворный лакей убил моего отца: прихлопнул бедного старика на кухне. Там на стенке до сих пор ещё осталось чуть заметное пятнышко. Иногда я захожу поглядеть на этот памятный мне след и говорю себе: «Когда-нибудь и принца Лимона прихлопнут, да так, что даже и следа не останется». Правильно я говорю?

— Никогда я ещё не видел такого благородного паука! — с восхищением сказал Чиполлино.

— Каждый делает что может, — скромно ответил маленький почтальон.

Прихрамывая, он добрался до окошка и пролез в коридор под самым носом у какого-то Лимонишки, который в эту минуту заглянул в «глазок», чтобы удостовериться, всё ли в порядке.

Выбравшись из камеры, Хромоног спустился по паутинке и отправился дальше по своим делам.

ГЛАВА XXIV

Чиполлино теряет всякую надежду

В тот же день Чиполлино оторвал клочок от своей рубашки и разделил его на несколько небольших кусков.

«Вот и почтовая бумага, — подумал он с удовлетворением. — Теперь подождём, пока принесут чернила».

Когда Лимонишка принёс ему похлёбку на ужин, Чиполлино не стал её есть. Ложкой он наскрёб со стены немного кирпича, насыпал его в воду и хорошенько размешал, а затем черенком той же ложки торопливо написал несколько писем.

«Дорогой отец! — говорилось в первом письме. — *Ты помнишь, что я тебе обещал? Так вот, эта минута приближается. Я всё хорошо обдумал. Крепко целую тебя. Твой сын Чиполлино».*

В письме, адресованном Кроту, говорилось:

«Милый старый Крот, не думай, что я тебя забыл. В неволе мне делать нечего, и я всё время думаю о старых друзьях. Я думал, думал и придумал, что ты, наверно, можешь помочь мне и моему отцу. Я знаю, что это нелегко. Но если тебе удастся собрать сотню кротов, то общими усилиями вы преодолеете все трудности. Жду твоего скорого ответа, то есть жду тебя в своей камере. Итак, до свидания. Твой старый друг Чиполлино.

Постскриптум: Здесь у тебя глаза не заболят. В моём подземелье темнее, чем в чернильнице».

Третье письмо гласило:

«Дорогой Вишенка! Я о тебе ничего не знаю, но уверен, что ты не приуныл после нашей неудачи. Даю тебе слово, что скоро мы рассчитаемся с кавалером Помидором сполна. Здесь я подумал о многом, о чём не было времени думать на воле. Жду твой помощи. Посылаю тебе письмо для Крота. Положи его в условленном месте. Скоро напишу ещё. Привет всем. Чиполлино».

Он запрятал письма под подушку, вылил оставшиеся чернила в ямку под кроватью, отдал пустую миску Лимонишке и лёг спать.

На следующее утро тот же почтальон принёс ему новое письмо от отца.

Старый Чиполлоне писал, что он будет очень рад весточкам от сына, но советует ему расчётливо тратить свою рубашку. Чиполлино оторвал почти половину рубашки, разостлал её на земле, окунул палец в чернила и начал писать.

— Что ты делаешь! — остановил его почтальон. — Если ты будешь тратить на каждое письмо такой большой лист, то через неделю тебе не на чем будет писать.

— Не беспокойся, — ответил Чиполлино, — через неделю меня уже здесь не будет!

— Сынок, боюсь, что ты заблуждаешься!

— Возможно. Но вместо того чтобы делать мне замечания, не можешь ли ты протянуть мне руку помощи?

— Все восемь моих ног в твоём распоряжении. Что ты задумал?

— Я хочу нарисовать план тюрьмы, точно отметить на нём все этажи, наружную стену, двор, охрану и прочее.

— Ну, это не трудно: я знаю в тюрьме каждый квадратный сантиметр.

С помощью паука Хромонога Чиполлино начертил план тюрьмы и крестиком отметил двор.

— Почему ты здесь поставил крестик? — спросил паук.

— Это я тебе объясню в другой раз, — ответил Чиполлино уклончиво. — А пока я дам тебе три письма: одно из них — к отцу, а вот эти два письма и план надо отнести моему другу.

— За тюремные ворота?

— Да. Молодому графу Вишенке.

— А далеко он живёт?

— В графском замке, на холме.

— Ах, я знаю, где это! Мой двоюродный брат служит на чердаке в этом замке. Он много раз приглашал меня к себе, но у меня всё не было свободного времени. А говорят, что там очень красиво. Что ж, я, пожалуй, отправлюсь туда, но кто же будет разносить за меня почту?

— На дорогу туда и обратно у тебя уйдёт только два дня, хоть ты и хромаешь на одну ногу. Я полагаю, что два дня можно обойтись и без писем.

— Я бы не стал отлучаться и на один день, — сказал усердный почтальон, — но если эти письма надо доставить срочно...

— Очень срочно! — перебил его Чиполлино. — Речь идёт о чрезвычайно важном деле, от которого зависит освобождение заключённых.

— Всех заключённых?

— Да, всех, — сказал Чиполлино.

— В таком случае я отправляюсь в путь, как только разнесу сегодняшнюю почту.

— Мой дорогой друг, я даже не знаю, как и отблагодарить тебя!

— Я делаю это не ради благодарности, — ответил хромой почтальон. — Если тюрьма опустеет, я смогу наконец поселиться в деревне.

Он положил письма в сумку, надел её на шею и, хромая, отправился к окошечку.

— До свидания, — прошептал Чиполлино, провожая взглядом почтальона, который на этот раз вскарабкался на потолок для большей безопасности. — Счастливого тебе пути!

С того мгновения, как паук исчез за окошком, Чиполлино стал считать часы и минуты. Время тянулось очень медленно: час, два, три, четыре...

Когда миновали сутки, Чиполлино подумал: «Сейчас он уже где-то поблизости от замка. Только найдёт ли он дорогу? Ну конечно, найдёт. В окрестностях замка много пауков, и, если они узнают, что он приходится двоюродным братом известному пауку с графского чердака, кто-нибудь его и проводит».

И Чиполлино представил себе, как старый, седой паучок, прихрамывая, карабкается на чердак, как он узнаёт у своего двоюродного брата, где комната Вишенки, а потом спускается вниз по стене к постели мальчика и, тихонько разбудив его, передаёт письма.

Чиполлино места себе не находил. С часу на час, с минуты на минуту ожидал он возвращения почтальона. Но прошёл второй, третий день, а Хромоног всё ещё не показывался. Заключённые были очень встревожены отсутствием писем. Перед уходом почтальон никому из них не сообщил о своём тайном поручении, а сказал, что берёт на два дня отпуск. Почему же он не возвращается? Уж не решил ли он навсегда покинуть тюрьму и отправиться в деревню, о чём так давно мечтал? Заключённые не знали, что и подумать. Но больше всех беспокоился Чиполлино.

На четвёртый день арестантов вывели на прогулку. Чиполлино стал искать глазами отца, но его на дворе не было, и никто не мог сказать, что с ним. Обойдя несколько раз тюремный двор, Чиполлино вернулся в свою камеру и в отчаянии бросился на койку. Он почти утратил всякую надежду.

ГЛАВА XXV
Приключения паука Хромонога и паука Семь с половиной

Что же случилось с пауком-почтальоном? Сейчас я вам всё расскажу.

Выйдя из тюрьмы, он пошёл по улице, держась поближе к тротуару, чтобы его не раздавили телеги, коляски и кареты. Но тут он чуть было не угодил под колесо велосипеда и был бы раздавлен, если бы не успел вовремя отскочить в сторону.

«Батюшки мои! — подумал он испуганно. — Моё путешествие чуть не кончилось прежде, чем началось».

К счастью, он увидел неподалёку открытый люк и спустился в сточную трубу. Едва он туда залез, кто-то окликнул его по имени. Паук оглянулся и увидел своего дальнего родственника.

Родственник этот жил раньше на кухне графского замка. Звали его Семь с половиной, потому что у него было семь с половиной ног: половину восьмой ноги он потерял из-за несчастного случая — после неудачного столкновения с половой щёткой.

Хромоног вежливо поздоровался со старым знакомым, и Семь с половиной пошёл с ним рядом, болтая о том о сём, а больше всего — о том, как он потерял половину восьмой ноги. Семь с половиной то и дело останавливался, чтобы рассказать поподробнее о своей роковой встрече со злополучной щёткой, но Хромоног тащил его дальше, не поддаваясь искушению поболтать по душам со своим спутником.

— Куда же ты так спешишь? — спросил наконец Семь с половиной.

— К двоюродному брату, — уклончиво ответил Хромоног.

В тюрьме он научился хранить тайны и поэтому умолчал о том, что несёт письма от Чиполлино к Вишенке и Кроту.

— К двоюродному брату? — переспросил Семь с половиной. — К тому, что живёт в замке? Он меня давно зовёт пожить недельку у него на чердаке. Так знаешь что, я пойду с тобой вместе — сейчас у меня нет никаких срочных дел.

Хромоног не знал, радоваться ли ему компании или нет. Но потом он решил, что вдвоём идти веселее, да к тому же этот неожиданный спутник может оказать ему помощь, если с ним случится какая-нибудь беда.

— Что ж, пойдём, — приветливо ответил он. — Но только не можешь ли ты идти немного быстрее? Дело в том, что у меня есть важное поручение, и я не хотел бы запаздывать.

— Ты всё ещё служишь почтальоном в тюрьме? — спросил Семь с половиной.

— Нет, я уволился, — ответил Хромоног.

Хотя Семь с половиной был его приятелем и даже родственником, но о некоторых вещах не следует говорить даже самым закадычным друзьям.

Мирно беседуя, они вышли за пределы города и позволили себе наконец вылезти из сточной трубы. Хромоног вздохнул с облегчением, потому что в трубе был такой спёртый воздух, что у него кружилась голова.

Вскоре оба спутника оказались в поле. Был чудесный день, ветер слегка шевелил душистую траву. Семь с половиной так жадно разевал рот, будто хотел разом вдохнуть в себя весь воздух.

— Как тут прекрасно! — восклицал он. — Вот уже три года, как я носа не высовывал из моей душной сточной трубы. А теперь, кажется, я ни за что не вернусь обратно. Не поселиться ли мне здесь, в этой тихой и пустынной сельской местности?

— Кажется, местность эта довольно густо заселена, — возразил Хромоног, указывая своему товарищу на длинную вереницу муравьёв, которые тащили гусеницу в муравейник.

— Городским синьорам, по-видимому, не нравится наше деревенское общество, — ехидно заметил кузнечик, сидевший на пороге своей норки.

Семь с половиной захотел во что бы то ни стало остановиться и объяснил кузнечику, что именно думает он о деревенском обществе. Кузнечик протрещал что-то. Семь с половиной не согласился с ним.

В общем, разговор затянулся, а время шло, не останавливаясь ни на минуту.

Вокруг спорящих собралось много всякого народа: кузнечики, жуки, божьи коровки и — на значительном расстоянии — даже несколько отважных мошек. Воробей, который до этого делал вид, будто регулирует уличное движение, обратил внимание на это сборище и подлетел, чтобы рассеять его. Тут он сразу же заметил Семь с половиной.

— Чик-чирик! Недурной кусочек для моих воробышков! — прочирикал он.

Хорошо ещё, что какая-то мошка вовремя подняла тревогу:

— Спасайтесь! Спасайтесь! Полиция!

В один миг все жуки, божьи коровки исчезли, словно их поглотила земля. Семь с половиной и Хромоног укрылись в норке кузнечика, который поспешно закрыл входную дверь и стал у порога на страже.

Семь с половиной весь дрожал от страха, а Хромоног начал уже раскаиваться в том, что взял с собой такого болтливого спутника, который затеял спор с первым встречным и привлёк внимание полиции.

«Ну вот, меня уже взяли на заметку, — думал старый почтальон. — Воробей, конечно, записал меня в свою книжечку. А уж раз попадёшь в эту книжечку — добра не жди!»

Он повернулся к Семи с половиной и сказал ему:

— Послушай, кум, видишь ли, путешествие наше становится очень опасным, может быть, нам следует расстаться?

— Ты меня, право, удивляешь! — воскликнул Семь с половиной. — Сначала ты сам уговаривал меня идти с тобой, а теперь хочешь оставить меня в беде. Хороший же ты друг, нечего сказать!

— Да ведь это же ты предложил идти со мной вместе! Ну да ладно, дело не в этом. Я иду в замок с важным поручением и не намерен сидеть в этой норке целый день, хоть я и очень благодарен кузнечику за его гостеприимство.

— Хорошо, я пойду с тобой, — согласился Семь с половиной. — Я обещал твоему двоюродному брату навестить его и хочу сдержать слово.

— Так пойдём же! — сказал Хромоног.

— Подождите минутку, синьоры: я выгляну за дверь и узнаю, где полиция, — предложил осторожный кузнечик.

Оказалось, что Воробей был всё ещё на своём посту. Он летал низко над землёй и внимательно осматривал траву.

Семь с половиной озабоченно вздохнул и сказал, что при таких обстоятельствах он не сделает ни шагу.

— Ну, если так, я пойду один! — решительно заявил Хромоног.

— Что ты, я ни за что не позволю тебе рисковать жизнью! — возмутился Семь с половиной. — Я знал твоего покойного отца и ради его памяти должен помешать тебе идти навстречу верной гибели!

Оставалось сидеть и ждать. А так как Воробей был неутомим и не желал убираться на покой, то весь день прошёл в томительном ожидании. Только на закате полиция наконец удалилась в свои казармы — на кипарисы у кладбища, — и наши путешественники решились снова пуститься в путь.

Хромоног был очень огорчён тем, что потерял целый день.

За ночь они могли бы наверстать потерянное время и уйти довольно далеко, но внезапно Семь с половиной объявил, что он очень устал и хочет отдохнуть.

— Это невозможно, — запротестовал Хромоног. — Совершенно невозможно! Я не могу больше останавливаться в пути.

— Значит, ты хочешь бросить меня на полдороге ночью? Так-то ты обходишься со старым другом твоего отца! Хотел бы я, чтобы этот бедный старик был жив и хорошенько пробрал тебя за бессердечное отношение к родственникам!

Хромоногу пришлось и на этот раз покориться. Путники отыскали удобное местечко за водосточной трубой какой-то церкви и устроились на отдых.

Нет нужды говорить, что Хромоног всю ночь не мог сомкнуть глаза и с яростью смотрел на своего товарища по путешествию, который блаженно похрапывал.

«Если бы не этот трус и болтун, я бы сейчас был уже на месте, а может быть, и на обратном пути!» — думал он.

Едва небо просветлело на востоке, он без лишних проволочек разбудил Семь с половиной.

— В путь! — приказал он.

Но ему ещё пришлось подождать, пока Семь с половиной приведёт себя в порядок. Старый бездельник аккуратно почистил все свои семь с половиной ног и только после этого заявил, что готов двинуться дальше.

Утро прошло без особых приключений.

Около полудня путники оказались на широкой, гладко утоптанной площадке, испещрённой множеством непонятных следов.

— Странное место! — сказал Семь с половиной. — Можно подумать, что здесь прошла целая армия.

В конце площадки виднелась низкая постройка, из которой доносились какие-то громкие, тревожные голоса.

— Я не любопытен, — забормотал снова Семь с половиной, — но я бы отдал вторую половину своей восьмой лапки, чтобы узнать, где мы находимся и кто там живёт!

Но Хромоног быстро шёл вперёд, не оглядываясь по сторонам. Он смертельно устал, потому что не спал всю ночь, и у него болела голова от жары. Ему казалось, что он никогда не доберётся до замка, словно по мере их пути замок не приближался, а отдалялся. Кто знает, не сбились ли они с дороги: ведь сейчас уже должны были показаться вдали высокие башни замка... Да, конечно, они заблудились в пути. Ведь оба они стары и не носят очков (потому что никто ещё никогда не видел паука в очках). Могло случиться, что они прошли мимо замка, не заметив его.

Хромоног был весь погружён в свои печальные размышления, когда маленькая зелёная гусеница стрелой промчалась мимо него с криком:

— Спасайся кто может! Куры!

— Мы пропали! — прошептал в ужасе Семь с половиной, который слышал не раз об этих огромных и прожорливых птицах.

Не помня себя пустился он бежать, быстро перебирая своими семью длинными и тонкими ногами и припрыгивая на культяпке восьмой.

Его хромой спутник не был так проворен — во-первых, потому, что был слишком занят своими мыслями, а во-вторых, ему никогда ещё не приходилось встречаться

с курами и даже слышать о них. Но когда одна из этих незнакомых страшных птиц занесла над ним свой клюв, у него хватило присутствия духа швырнуть сумку с письмами товарищу и крикнуть ему на прощание:

— Отнеси...

Но у него уже не осталось времени сказать, кому предназначались эти письма.

Курица проглотила его в один миг.

Бедный хромой почтальон! Ему уже не придётся больше разносить почту из камеры в камеру и болтать с заключёнными. Никто не увидит больше, как он, ковыляя, карабкается по сырым мрачным стенам тюрьмы...

Гибель товарища была спасением для Семи с половиной. Он успел ускользнуть за сетку, которой были

огорожены курятник и площадка, и оказался в безопасности прежде, чем курица обернулась в его сторону. После этого он надолго потерял сознание.

Когда Семь с половиной пришёл в себя, то никак не мог сообразить, где он находится. Солнце уже заходило — значит, он пролежал в обмороке несколько часов.

В двух шагах от себя он увидел страшный профиль курицы, которая всё это время не теряла его из виду и тщетно старалась просунуть клюв через дырочки частой проволочной сетки.

Этот ужасный клюв сразу напомнил ему о печальной кончине Хромонога. Семь с половиной вздохнул об участи погибшего друга и попытался сдвинуться с места. Тут только он обнаружил, что его искалеченная восьмая нога придавлена какой-то тяжестью. Это была почтовая сумка, которую Хромоног бросил ему перед смертью.

«Мой храбрый друг завещал мне отнести письма кому-то, — подумал Семь с половиной. — Но кому, куда?.. Не лучше ли бросить эту сумку с письмами в первую же канаву и вернуться в сточную трубу? Там нет ни воробьёв, ни кур. Правда, в трубе очень душно, но зато вполне безопасно. Впрочем, пожалуй, я загляну в сумку, но только из любопытства».

Он начал читать письма и не мог удержаться от слёз. Ему пришлось смахнуть не одну слезу, чтобы иметь возможность продолжать чтение.

— И он не сказал мне ни слова о своём поручении! А я-то ничего не знал и задерживал его своей болтовнёй в то время, как ему нужно было так спешить! Нет, нет, теперь мне всё ясно: по моей вине погиб Хромоног, и я обязан выполнить его последнюю волю. Пусть мне суждено умереть, зато, по крайней мере, я сделаю что-нибудь, чтобы почтить память верного друга.

Семь с половиной пустился в путь, даже не дав себе времени поспать, и на заре благополучно прибыл в замок. Он легко нашёл дорогу на чердак и был радостно встречен своим родственником-пауком. После краткой беседы обо всём, что случилось, оба они передали письма Вишенке, который всё ещё сидел на чердаке, наказанный за участие в мятеже. Потом паук, проживавший в замке, предложил Семи с половиной провести у него всё лето, и старый болтун охотно согласился: обратный путь казался ему слишком страшным.

ГЛАВА XXVI,

в которой рассказывается о Лимонишке, не знавшем арифметики

Однажды утром Лимонишка, который носил Чиполлино похлёбку, поставил на землю миску, строго посмотрел на Чиполлино и пробурчал:

— Твоему старику плохо. Он очень болен.

Чиполлино хотел узнать об отце побольше, но Лимонишка, уклонившись от разговора, сказал только, что старый Чиполлоне так болен и так слаб, что не может даже выйти из камеры.

— Смотри никому не проболтайся о том, что я тебе сказал! — добавил Лимонишка. — Я могу потерять место, а мне ведь семью кормить надо.

Чиполлино обещал молчать. Да и без всякого обещания он не захотел бы подвести этого пожилого семейного человека, одетого в лимонную форму. Ясно было, что он служил тюремщиком только потому, что не мог найти лучшего ремесла, чтобы прокормить своих детей.

В этот день полагалась прогулка.

Заключённые вышли во двор и начали ходить по кругу.

Лимонишка отбивал такт на барабане.

— Раз-два, раз-два!

«Раз-два! — повторял про себя Чиполлино. — Мой почтальон пропал бесследно, словно в воду канул. Десять дней прошло с тех пор, как он ушёл, и на возвращение нет никакой надежды. Он никому не передал моих писем, иначе Крот был бы уже здесь. Раз-два!.. Отец болен, — значит, и думать сейчас о бегстве нечего. Как унести больного из тюрьмы? Как лечить его? Ведь кто знает, сколько времени придётся нам скрываться в лесу или на болоте, без крыши над головой, без врачей и лекарств... Эх, Чиполлино, перестань и думать о свободе и приготовься прожить в тюрьме многие годы, а может быть, и всю жизнь... И остаться тут после смерти», — прибавил он мысленно, поглядев на тюремное кладбище, которое виднелось за окошечком в стене, окружавшей тюремный двор.

В этот день прогулка была ещё более унылой, чем обычно. Заключённые в своих полосатых арестантских куртках и штанах брели по двору, сгорбившись. Никто даже не пытался на этот раз обменяться несколькими словами с товарищем, как это бывало обычно.

Все мечтали о свободе, но в этот день свобода казалась такой далёкой! Дальше, чем солнце, прячущееся за тучами в дождливый день. А тут ещё, словно нарочно, начал накрапывать мелкий, холодный дождь, и заключённые, зябко подёргивая плечами, продолжали свою прогулку, которая, по тюремным правилам, полагалась в любую погоду.

Вдруг Чиполлино услышал — или, может быть, ему только показалось? — будто его кто-то зовёт.

— Чиполлино, — повторил ещё более внятно знакомый глухой голос, — задержись немного на следующем кругу.

«Крот, — подумал Чиполлино, и вся кровь бросилась ему в лицо от радости. — Он пришёл! Он здесь!»

Но только как же быть с отцом, запертым в камере?

Чиполлино так спешил поскорее добраться до того места, откуда он услышал голос Крота, что наступил на пятки шедшему впереди арестанту. Тот обернулся и проворчал:

— Ты гляди, куда ноги ставишь!

— Не сердись, — прошептал Чиполлино. — Передай по кругу, что через четверть часа мы все выйдем из тюрьмы.

— Да ты с ума сошёл! — изумился заключённый.

— Делай, что я тебе говорю. Передай, чтобы все были наготове. Мы убежим ещё до конца прогулки.

Заключённый решил, что если он передаст это, то большой беды не случится.

Прежде чем люди успели обойти круг, их походка стала твёрже и бодрее. Спины выпрямились. Даже Лимонишка, который бил в барабан, почувствовал это и решил похвалить арестантов.

— Вот и хорошо! — закричал он. — Так, так! Грудь вперёд, живот убрать. Плечи назад... Раз-два, раз-два, раз-два!

Это уже было похоже не на прогулку заключённых, а на военную маршировку.

Когда Чиполлино дошёл до того места, откуда его окликнул Крот, он замедлил шаг и прислушался.

— Подземный ход готов, — донеслись до него слова из-под земли. — Тебе нужно только прыгнуть на один шаг влево, и земля провалится у тебя под ногами. Мы оставили сверху только самый тонкий слой...

— Хорошо, но давай подождём до следующего круга, — тихо ответил Чиполлино.

Крот сказал ещё что-то, но Чиполлино уже прошёл мимо.

Он снова наступил на пятки переднему арестанту и шепнул:

— В следующий обход, когда я тебя толкну ногой, сделай шаг влево и подпрыгни. Только посильнее топни при этом!

Заключённый хотел спросить ещё что-то, но в этот миг барабанщик посмотрел в их сторону.

Нужно было как-нибудь отвлечь его внимание. По всему кругу быстро пробежал приглушённый шёпот, а потом один из заключённых громко вскрикнул:

— Ай!

— Что там случилось? — рявкнул Лимонишка, обернувшись к нему.

— Мне на мозоль наступили! — жалобно ответил арестант.

В то время как Лимонишка угрожающе смотрел в противоположную сторону, Чиполлино приблизился к месту, где был вход в подземную галерею, выкопанную кротами. Он толкнул ногой товарища, шедшего впереди. Тот отскочил влево, подпрыгнул и сейчас же исчез.

В земле осталось отверстие, достаточно широкое, чтобы в него мог провалиться человек. Чиполлино пустил по кругу распоряжение:

— С каждым обходом будет исчезать тот, кого я толкну ногой.

Так и пошло. В каждый обход кто-нибудь прыгал влево, в дырку, и пропадал бесследно. Чтобы Лимонишка не заметил этого, кто-нибудь на противоположной стороне круга поднимал крик:

— Ай-ай!

— Что там такое? — спрашивал Лимонишка грозно.

— Мне отдавили мозоль! — слышался один и тот же ответ.

— Сегодня вы только и делаете, что наступаете друг другу на ноги. Будьте повнимательнее!

После пяти-шести кругов Лимонишка стал озабоченно посматривать на кольцо арестантов, ходивших вокруг него.

«Странно! — думал он. — Я могу поклясться, что людей стало меньше».

Но потом он решил, что это ему только показалось. Куда же они денутся! Ворота заперты, стены высокие.

— И всё-таки, — бормотал он, — мне сдаётся, что их стало меньше.

Желая убедиться, что он ошибся, Лимонишка начал считать арестантов, но так как они ходили по кругу, то он никак не мог запомнить, с кого же он начал, и некоторых сосчитал по два раза. Счёт никак не сходился: получалось, что заключённых не убавилось, а прибавилось.

«Как это может быть? Не могут же они делиться на части. Какая глупая штука — арифметика!»

Вы, наверно, уже поняли, что Лимонишка не был силён в этой науке. Он снова начал счёт, но число заключённых то уменьшалось, то увеличивалось. Наконец он решил бросить это дело, чтобы не запутаться окончательно. И тут, посмотрев на круг, он в ужасе протёр глаза: возможно ли это? Арестантов стало чуть ли не вдвое меньше!

Он поднял глаза к небу, пытаясь разглядеть, не улетел ли кто-нибудь из них за облака, и как раз в это самое время ещё один человек прыгнул в подземелье и мгновенно исчез.

Теперь их осталось всего двадцать восемь. Среди них был и Чиполлино, который не переставал думать о своём отце. Каждый раз, когда какой-нибудь арестант впереди него исчезал под землёй, у мальчика сжималось сердце: «Ах, если бы это был мой отец!»

Но старый Чиполлоне был заперт в своей камере — нечего было и думать об его освобождении.

В конце концов Чиполлино решил, что он поможет бежать всем заключённым, а сам останется в тюрьме с отцом. Не нужна была ему свобода, если ею не мог воспользоваться вместе с ним и старый Чиполлоне.

Теперь оставалось всего пятнадцать заключённых... десять, девять, восемь, семь...

Ошеломлённый Лимонишка машинально продолжал бить в барабан.

«Какой чёрт шутит со мной! — думал он тревожно. — С каждым обходом по одному человеку пропадает. Что же мне делать? До окончания прогулки осталось ещё семь минут — правило есть правило. А что, если до конца прогулки они все исчезнут?.. Сколько их там осталось? Один, два, три, четыре, пять, шесть... Да что я говорю: их уже только пятеро!»

Чиполлино был очень огорчён. Он попытался было окликнуть Крота, но не получил ответа. А ему так хотелось объяснить своему доброму другу, почему сам он не может бежать... Как раз в эту минуту Лимонишка опомнился и решил положить конец этому колдовству, из-за которого у него так таинственно исчезли все арестанты. Он завопил:

— Стой! Ни с места!

Чиполлино и ещё четверо заключённых остановились и посмотрели друг на друга.

— Скорее бегите, — закричал Чиполлино, — пока Лимонишка не поднял тревогу!

Заключённые не заставили себя просить дважды и один за другим попрыгали в яму. Чиполлино печально посмотрел им вслед, но вдруг почувствовал, что его хватают за ноги. Товарищи угадали, что он решил остаться, и без долгих разговоров затащили его в подземную галерею.

— Не будь дураком, — сказали они. — Если будешь на свободе, ты скорее поможешь своему отцу. Бежим, бежим, пока не поздно!

— Подождите и меня! — неожиданно закричал Лимонишка, который наконец понял, в чём дело. — И я с вами! Не оставляйте меня здесь: ведь принц повесит меня за ваш побег!

— Ладно, возьмём его с собой, — согласился Чиполлино. — Ведь этому Лимонишке мы тоже немного обязаны тем, что нам так легко удалось бежать.

— Поторопитесь, — послышался глухой голос за его спиной. — Здесь невыносимо светло, а я совсем не желаю ослепнуть или погибнуть от солнечного удара!

— Мой добрый, старый Крот, — сказал Чиполлино, — подумай сам, разве я могу бежать? Отец болен и заперт в своей камере!

Крот почесал затылок.

— Я знаю, где его камера, — сказал он. — Я хорошо изучил план тюрьмы, который ты мне прислал. Но есть ли у нас время? Тебе нужно было предупредить меня заранее.

Он испустил призывный клич, и в то же мгновение появилось около сотни кротов.

— Ребята, нам нужно вырыть ещё один ход — вон до того угла тюрьмы, — сказал старый Крот. — Ну что, выроем?

— Что за вопрос! В четверть часа всё будет сделано.

Кроты, не задумываясь, принялись за работу. В несколько минут они добрались до тесной клетки, где находился старый Чиполлоне.

Чиполлино первым проник в камеру. Его отец лежал на койке и бредил. Едва они унесли старика через подземный ход, как в камеру ворвались Лимонишки, которые метались по всей тюрьме в поисках заключённых, не понимая, каким образом они исчезли.

Когда наконец тюремщики сообразили, что произошло, они так испугались наказания, которому их неизбежно подвергнет принц Лимон, что все разом побросали оружие и, в свою очередь, ринулись в коридор, вырытый кротами.

Выйдя в поле, они попрятались по домам у крестьян, сбросили свою лимонную форму и надели рабочее платье.

Говорят, они побросали также и колокольчики, которые были у них на шапках. Давайте-ка соберём эти колокольчики и отдадим ребятишкам — пускай звонят во всю мочь!

Ну а Чиполлино?

Что с ним случилось дальше?

Старый Крот и Чиполлино, полагая, что бежавшие из тюрьмы Лимонишки гонятся за ними, вырыли для себя другой ход. Вот почему Лимонишки так их и не догнали.

Где же они сейчас находятся?

Потерпите — узнаете.

ГЛАВА XXVII

Гонки с препятствиями

Принц устроил большой праздник.

«Моим подданным необходимы развлечения, — решил принц Лимон, — тогда им некогда будет думать о своих бедах и нуждах».

Он придумал конные состязания, в которых должны были участвовать все придворные Лимоны первого, второго и третьего классов. Разумеется, в качестве наездников, а не лошадей.

Эти состязания были особенные: лошади должны были тянуть колесницы с тормозами.

Сам принц перед состязаниями осмотрел эти тормоза, чтобы удостовериться, действуют ли они.

Они так хорошо действовали, что колёса совсем не вертелись. Поэтому лошадям было во сто раз труднее тянуть колесницу.

Когда принц подал сигнал, лошади ударили копытами о землю и напрягли все мускулы, роняя пену с удил. Но колесницы даже не сдвинулись с места. Тогда Лимоны-наездники пустили в ход длинные бичи. Это помогло. Колесницы сдвинулись на несколько сантиметров, и принц Лимон весело захлопал в ладоши. Потом он сам вышел на арену и начал хлестать лошадей одну за другой. Очевидно, это занятие доставляло ему огромное удовольствие.

— Соблаговолите, ваше высочество, подхлестнуть и моих! — кричали Лимоны, чтобы сделать ему приятное.

Принц Лимон щёлкал бичом изо всех сил. Наездники, стоя в колесницах, тоже осыпали лошадей ударами. Каждый удар бича оставлял на спине у лошади длинную белую полосу, но принца это не смущало — он был очень горд придуманной им забавой.

— Любая лошадь способна бежать, если ей ничто не мешает, — говорил он. — А я хочу посмотреть, могут ли они бежать, если их удерживаешь.

У бедных лошадей, обезумевших от боли и напряжения, подгибались ноги.

Зрители возмущались, но вынуждены были смотреть на это дикое состязание — или, вернее сказать, истязание, ибо если уж принц решил, что люди должны развлекаться, то их развлекали насильно.

Но вдруг принц замер на месте с поднятым бичом и так вытаращил глаза, что они чуть было не выскочили у него из орбит. Ноги у него задрожали, лицо ещё больше пожелтело, и волосы под жёлтой шапочкой стали дыбом, так что золотой колокольчик на ней затрясся и отчаянно задребезжал.

Принц увидел, как земля разверзлась у самых его ног. Да, да, разверзлась земля!

Сначала появилась трещина, потом другая, потом на арене вырос небольшой бугорок, похожий на тот, какие оставляют кроты на полях. Затем на верхушке бугорка образовалось отверстие. Оно расширилось, из него показалась голова, плечи, и какое-то живое существо быстро вылезло из-под земли, помогая себе локтями и коленями. Это был Чиполлино.

Из норки послышался тревожный голос старого Крота:

— Вернись назад, Чиполлино, мы ошиблись! Вернись!

Но Чиполлино уже ничего не слышал. Увидев прямо перед собой бледное, покрытое испариной лицо принца, который так и застыл с бичом в руке, словно превратившись в соляной столб, Чиполлино весь затрясся от ярости.

Не задумываясь над тем, что он делает, мальчик бросился к правителю и вырвал у него из руки бич. Принц и опомниться не успел, как Чиполлино щёлкнул бичом в воздухе, как бы испытывая его, а затем размахнулся и полоснул по спине принца. Правитель был так ошеломлён, что и не подумал уклониться от удара, обрушившегося на него.

— О-о-о! — завопил принц.

Чиполлино опять взмахнул бичом и нанёс ему новый удар, посильнее прежнего.

Тогда правитель повернулся и пустился наутёк.

Это было сигналом. Вслед за Чиполлино из-под земли появились и остальные заключённые, бежавшие из тюрьмы. Народ приветствовал их радостными криками. Отцы увидели сыновей, жёны узнали мужей.

В одно мгновение цепь полицейских была прорвана, толпа хлынула на арену и понесла на руках освобождённых пленников.

Придворные гонщики хотели было умчаться на своих колесницах прочь, но, как они ни хлестали коней, колёса не могли сдвинуться с места. Придворных схватили и связали по рукам и ногам.

Однако сам принц всё же успел вскочить в свою карету, которая не участвовала в гонках, а поэтому была без тормозов. Принцу удалось вовремя удрать. Но он не решился укрыться в своём дворце, а помчался в поля, подгоняя лошадей неистовым криком. Послушные лошади понеслись таким галопом, что карета в конце концов опрокинулась, и правитель угодил головой прямо в рыхлую кучу, предназначенную для удобрения полей.

«Самое подходящее для него место!» — сказал бы Чиполлино, если бы увидел, что случилось с принцем.

ГЛАВА XXVIII

Синьор Помидор устанавливает налог на погоду

В то самое время, когда в городе происходили эти события, в зале замка графинь Вишен, который от времени до времени превращался в зал суда, синьор Помидор собрал всех жителей деревни, чтобы объявить им весьма важное решение.

Председателем суда, конечно, был всё тот же кавалер Помидор, адвокатом — синьор Горошек, а секретарём — синьор Петрушка. Левой рукой он записывал в протокол речи сторон и решения суда, а в правой держал свой клетчатый носовой платок, которым пользовался чуть ли не каждую минуту.

Народ был не на шутку встревожен, потому что всякое заседание судебного трибунала сулило ему одни неприятности.

На прошлом заседании трибунал постановил, что не только земля, но и воздух в деревне является собственностью графинь Вишен, и поэтому все, кто дышит, должны платить деньги за аренду воздуха.

Раз в месяц кавалер Помидор обходил деревенские дома и заставлял крестьян глубоко дышать в его присутствии. По очереди он измерял у них объём груди после вдоха и выдоха, затем производил подсчёт и устанавливал, какая сумма причитается с каждого потребителя воздуха. Кум Тыква, который, как известно, очень часто вздыхал, платил, конечно, больше всех. Чего же ещё потребуют от крестьян владельцы замка?

Кавалер Помидор взял слово первым и в глубокой тишине произнёс:

— За последнее время доходы замка заметно уменьшились. А ведь вы знаете, что наши бедные графини — вдовы и круглые сироты — живут только доходами с принадлежащей им земли и, кроме себя самих, вынуждены содержать ещё и своих родственников, герцога Мандарина и барона Апельсина, чтобы не дать им умереть с голоду...

Мастер Виноградинка украдкой поглядел на барона, который сидел в уголке, скромно опустив глаза, и утолял свой голод жареным зайцем с гарниром из воробышков.

— Нечего оглядываться по сторонам! — сурово прикрикнул синьор Помидор. — Если вы будете вертеть головой, я прикажу очистить помещение!

Мастер Виноградинка поспешил устремить взор на кончики собственных башмаков.

— Благородные графини, наши высокочтимые хозяйки, представили в суд прошение, написанное, как этого требует закон, на гербовой бумаге, дабы добиться признания одного из своих неотъемлемых прав... Адвокат, прочтите документ!

Синьор Горошек встал, откашлялся, набрал в лёгкие побольше воздуху и начал читать документ медленно и внушительно:

— «Нижеподписавшиеся, графиня Старшая и графиня Младшая из почтенного рода Вишен, утверждают, что, будучи владелицами воздуха в своём имении, они должны быть признаны также и владелицами всех осадков, выпадающих в течение года. Посему они просят суд подтвердить, что каждый житель деревни повинен уплачивать им арендную плату в сумме ста лир за простой дождь, двухсот лир за ливень с громом и молнией, трёхсот лир за снег и четырёхсот за град». Следуют подписи: «Графиня Вишня Старшая. Графиня Вишня Младшая».

Синьор Горошек сел.

Председатель спросил:

— Вы говорите, что прошение написано на гербовой бумаге?

— Да, синьор председатель, — ответил синьор Горошек, снова вскакивая на ноги, — на гербовой.

— Подлинность подписей обеих графинь установлена?

— Установлена.

— Прекрасно, — заявил синьор Помидор. — Если прошение написано на гербовой бумаге и подписи действительны, то всё ясно. Суд удаляется на совещание.

Кавалер встал, завернулся в чёрную мантию, которая то и дело сползала у него с плеч, и вышел в соседнюю комнату, чтобы принять решение.

Скрипач Груша подтолкнул своего соседа Лука Порея и спросил у него шёпотом:

— По-твоему, это справедливо, что мы должны платить за град? Ну, я понимаю ещё — за дождик и за снег, которые приносят пользу посевам. Но ведь град и сам по себе большое несчастье, а за него требуют самую большую плату!

Лук Порей не ответил — он задумчиво поглаживал свои длинные усы.

Мастер Виноградинка растерянно шарил в карманах. Он искал шило, чтобы почесать затылок, но вдруг вспомнил, что, прежде чем войти в зал, жители деревни должны были сдать оружие, холодное и огнестрельное. Огнестрельного ни у кого не оказалось, а шило было признано холодным оружием.

В ожидании приговора суда синьор Петрушка не сводил глаз с присутствующих и записывал у себя в книжечке:

«Груша шептался. Лук Порей приглаживал усы. Кума Тыквочка ёрзала на месте. Кум Тыква глубоко вздохнул два раза».

Так записывает на доске имена своих товарищей школьник, которому учительница поручила наблюдать за классом, пока сама она беседует с кем-нибудь в коридоре.

В графе «примерных» синьор Петрушка записал:

«Герцог М. Ведёт себя отлично. Барон А. — очень хорошо. Он не встаёт с места, соблюдает тишину и ест тридцать четвёртого воробышка».

«Эх, — думал мастер Виноградинка, почёсывая затылок ногтями за неимением шила, — если бы наш Чиполлино был здесь, не было бы всего этого безобразия! С тех пор как Чиполлино в тюрьме, с нами обращаются, как с рабами. Мы не можем пошевелиться без того, чтобы синьор Петрушка не записал нас в свою проклятую книжку».

Дело в том, что все те, кого синьор Петрушка записывал в графу «провинившихся», должны были платить штраф. Мастер Виноградинка почти ежедневно платил штраф, а иной раз и по два штрафа в день.

Наконец суд, то есть кавалер Помидор, вернулся в зал заседаний.

— Встать! — скомандовал синьор Петрушка, но сам, однако, остался сидеть.

— Внимание! Сейчас я оглашу решение суда, — сказал кавалер. — «Заслушав прошение графинь Вишен, суд постановил: признать, что вышеупомянутые графини имеют право взимать арендную плату за дождь, снег, град, а также за всякую погоду и непогоду, посылаемую небом. Посему суд устанавливает нижеследующее: каждый житель деревни, принадлежащей графиням Вишням, повинен вносить за погоду плату, вдвое превышающую сумму, требуемую графинями...»

В зале послышался ропот.

— Молчать! — закричал кавалер Помидор. — Иначе я сейчас же прикажу очистить помещение. Я ещё не кончил. «Суд постановил, что вышеупомянутые граждане повинны также вносить арендную плату за росу, иней, туман и другие виды сырости. Постановление входит в силу с нынешнего дня».

Все испуганно посмотрели в окно, надеясь увидеть чистое небо. Оказалось, что надвигается чёрная грозовая туча. В стекло ударило несколько градин.

«Батюшки мои! — подумал мастер Виноградинка, почёсывая затылок. — Вот и плати теперь восемьсот лир. Проклятые тучи!»

Синьор Помидор также посмотрел в окно, и его красное, широкое лицо засияло от радости.

— Ваша милость, — сказал ему синьор Горошек, — поздравляю вас! Вам везёт: барометр падает, скоро будет ливень.

Все посмотрели на адвоката с ненавистью.

Синьор Петрушка быстро оглядел присутствующих и записал в книжечку каждого, в чьих глазах можно было прочесть укор.

Когда и в самом деле разразилась гроза с громом, молнией, дождём и градом, синьор Горошек весело подмигнул синьору Петрушке, а мастер Виноградинка, едва дыша от бешенства, вынужден был ещё пристальнее рассматривать свои ботинки, чтобы снова не подвергнуться штрафу.

Жители деревни смотрели на ливень за окном как на сущее бедствие. Гром казался им страшнее пушечной стрельбы, а молнии словно попадали им в самое сердце.

Синьор Петрушка помусолил чернильный карандаш и начал быстро подсчитывать, сколько заработают на этой божьей милости владелицы замка. Получилась внушительная цифра, а вместе со штрафами — ещё более внушительная.

Кума Тыквочка расплакалась. Жена Лука Порея последовала её примеру, припав к плечу своего мужа и вытирая слёзы его длинными усами.

Кавалер Помидор страшно обозлился, затопал ногами и выгнал их всех из зала.

Крестьяне вышли под дождь, смешанный с градом, и побрели в деревню. Они даже не торопились. Град бил им в лицо, струи дождя пробирались под одежду, но они будто и не чувствовали этого. Когда у тебя большое горе, мелких неприятностей уже не замечаешь.

Чтобы попасть в деревню, нужно было перейти через железную дорогу. Крестьяне остановились у шлагбаума, который был закрыт, так как через минуту должен был пройти поезд. Смотреть на поезд у шлагбаума всегда интересно. Видишь, как, пыхтя и дымя, подходит огромный чёрный паровоз с машинистом в будке. В окна вагонов смотрят пассажиры, которые возвращаются с ярмарки, — крестьяне в плащах, их жёны, дети...

Вот крестьянка с чёрным платком на голове. А в последнем вагоне...

— Праведное небо, — воскликнула кума Тыквочка, — посмотри-ка на последний вагон!

— Кажется... — робко произнёс кум Тыква, — кажется, там медведи...

Действительно, у окна вагона стояли три медведя и с любопытством осматривали окрестности.

— Невиданное дело! — протянул Лук Порей.

Усы у него взъерошились от удивления.

Вдруг один из трёх медведей закивал головой и замахал лапой, будто приветствуя людей, которые мокли под дождём у шлагбаума.

— Чего это он зубы скалит? — проворчал мастер Виноградинка. — Ишь ты, медведь и тот позволяет себе издеваться над нами!

Но медведь всё ещё продолжал кланяться, и, когда поезд уже прошёл, он высунулся из окошка и так махнул лапой, что чуть не вывалился. Хорошо, что два других медведя вовремя удержали его и втащили обратно.

Наши друзья дошли до станции как раз в ту минуту, когда поезд остановился. Медведи неторопливо вылезли из вагона, и самый старый из трёх предъявил контролёру билеты.

— Это, должно быть, медведи-акробаты из цирка, — сказал мастер Виноградинка, — наверно, представлять будут. Сейчас явится сюда их укротитель — старик с деревянной дудкой.

Укротитель и в самом деле вскоре явился, но оказался не стариком, а мальчиком в зелёном беретике и синих штанах с пёстрой заплатой на коленке. Лицо у него было живое, весёлое и будто очень знакомое каждому из жителей деревни.

— Чиполлино! — закричал Виноградинка, бросившись к нему.

Да, это действительно был Чиполлино. Перед возвращением в деревню он забежал в зоологический сад и освободил медведей. Сторож на этот раз так крепко спал, что можно было бы увести не только медведей, но и слона, если бы только тот согласился бежать из зоологического сада.

Но старый слон не поверил, что пришла свобода, и остался в слоновнике писать свои воспоминания...

Сколько тут было объятий, поцелуев, расспросов и рассказов! И всё это под проливным дождём. Ведь когда радуешься, не замечаешь мелких неприятностей, не боишься даже схватить простуду. Скрипач Груша не переставая пожимал лапу молодому медведю.

— Помните, как вы танцевали под мою скрипку? — спрашивал он, весело подмигивая.

Медведь прекрасно помнил это и тотчас же снова пустился в пляс, не дожидаясь музыки. Ребята весело хлопали в ладоши.

Разумеется, Вишенке тут же дали знать о возвращении Чиполлино.

Можете себе представить, как горячо они обнялись при встрече!

— Ну а теперь поговорим о деле, — сказал Чиполлино. — Я должен сообщить вам, что я задумал.

Пока Чиполлино рассказывает друзьям, что он задумал, пойдём да узнаем, как поживает принц Лимон.

ГЛАВА XXIX

Гроза, которая никак не может кончиться

Мы продержали принца в навозной куче так долго, потому что в этом убежище он чувствовал себя в большей безопасности, чем в своей столице.

«Здесь тихо, тепло и спокойно, — думал он, то и дело отплёвываясь. — Я останусь здесь до тех пор, пока моя стража не восстановит в городе порядок».

Ведь этот надменный, жестокий, но трусливый принц удрал с арены, не оглядываясь назад, и поэтому не знал, что его стража перешла на сторону народа, его придворные попали в тюрьму и в стране провозглашена свободная республика.

Но когда хлынул дождь и холодные струи проникли в навозную кучу, правитель изменил своё намерение.

«Становится сыро, — решил он, — надо поискать местечко посуше!»

Он заворочался, задрыгал ногами и в конце концов выбрался из кучи.

Тут только он увидел, что находится в двух шагах от замка графинь Вишен.

«Ну и дурак же я! — подумал он, протирая глаза, залепленные грязью. — Лежу в этой проклятой навозной куче и не подозреваю, что отсюда рукой подать до графского замка, где так тепло и уютно».

Принц отряхнулся и направился к воротам, но вдруг услышал громкие голоса. Он спрятался за стог сена и пропустил мимо себя какую-то шумную компанию. (Вы знаете, из кого она состояла.)

Затем принц поднялся по ступенькам замка и позвонил. Отперла ему дверь Земляничка.

— Простите, сударь, хозяйки наши нищим не подают! — сказала девушка и захлопнула дверь перед самым его носом.

Принц забарабанил в дверь кулаками:

— Отвори! Какой я нищий? Я — правитель, принц Лимон!

Земляничка снова приоткрыла дверь и участливо посмотрела на него.

— Бедняжка, — сказала она со вздохом, — ты, видно, от нужды с ума спятил!

— Какая там ещё нужда? Я богат, я очень богат!

— Если посмотреть на тебя, так этого ни за что не скажешь, — ответила Земляничка, качая головой.

— Нечего тут разговаривать! Пойди доложи обо мне графиням.

— Что тут происходит? — спросил синьор Петрушка, проходя мимо и ожесточённо сморкаясь в свой клетчатый платок.

— Да вот этот нищий уверяет, будто он принц. Должно быть, сумасшедший.

Синьор Петрушка мгновенно узнал правителя, хотя узнать его было довольно мудрено.

— Я нарочно переоделся, чтобы поближе познакомиться с моим народом, — сказал принц Лимон, желая, видимо, оправдать свой несколько необычный вид.

— Пожалуйте, пожалуйте, ваше высочество, мы так счастливы вас видеть! — воскликнул синьор Петрушка, пытаясь поцеловать грязную руку принца.

Правитель вошёл в дверь, бросив мимоходом грозный взгляд на Земляничку.

Графини так и ахнули, увидев странного гостя, но, узнав, кто он такой, принялись наперебой расхваливать его заботу о подданных.

— О ваше высочество, вы промокли насквозь! Ни один принц на свете не вышел бы на улицу в такую ужасную погоду.

— Я хотел узнать, как живёт мой народ, — ответил правитель и при этом ничуть не покраснел: ведь лимоны никогда не краснеют!

— Ваше высочество, каковы же ваши впечатления? — спросила графиня Старшая.

— Мой народ вполне счастлив и доволен, — заявил принц. — Нет народа счастливее, чем мой. Вот только сейчас мимо меня прошла очень весёлая компания... ей даже дождь нипочём.

Принц и не знал, что говорит сущую правду: в этот день его народ был и в самом деле счастлив, потому что избавился от своего правителя!

— Не угодно ли вашему высочеству потребовать лошадей, чтобы вернуться во дворец? — спросил синьор Помидор.

— Нет, нет, ни за что! — с тревогой ответил принц. — Лучше я подожду здесь, пока не кончится эта страшная гроза...

— Я позволю себе почтительнейше заметить, — сказал несколько озадаченный синьор Помидор, — что гроза уже давно прошла и на дворе снова сияет солнце.

— Солнце? Сияет? — гневно переспросил принц. — Вы, кажется, осмеливаетесь противоречить мне!

— Я просто не понимаю вашей дерзости, синьор, — вмешался барон Апельсин. — Если его высочество находит, что на дворе гроза, значит, так оно и есть. Разве вы не слышите, как шумит дождь?

Все поспешили согласиться с бароном.

— Ах, эта гроза никогда не кончится! — сказала графиня Старшая, глядя в окно, за которым после недавнего дождя сверкали на чашечках цветов крупные капли.

— Ужасный ливень! Посмотрите, так и хлещет, — поддакнула графиня Младшая, следя за тем, как весело играет с золотыми рыбками в бассейне солнечный луч, прокравшийся из-за облачка.

— Слышите, как оглушительно гремит гром? — вставил словечко и герцог Мандарин, затыкая уши и закрывая глаза в притворном ужасе.

— Земляничка, Земляничка, где ты? — позвала графиня Старшая слабеющим голосом. — Сейчас же прикрой все ставни! Все!

Земляничка прикрыла ставни, и в комнате стало темно, как в погребе.

Вскоре зажгли свечи, и большие тени запрыгали по стенам.

Синьора графиня Старшая вздохнула:

— Ах, какая ужасная ночная гроза!

Принцу Лимону и в самом деле стало страшно.

— Жуткая ночь! — сказал он, стуча зубами.

Все остальные из вежливости тоже задрожали как в лихорадке.

Синьор Помидор подошёл крадучись к окну и, чуть-чуть приоткрыв ставню, рискнул доложить:

— Прошу прощения у вашего высочества, но мне кажется, что гроза кончается.

— Нет-нет, что вы! — закричал принц, заметив косой солнечный луч, который попытался было проникнуть в комнату.

Кавалер Помидор поспешил захлопнуть ставню и подтвердил, что дождь по-прежнему льёт как из ведра.

— Ваше высочество, — робко предложил барон Апельсин, которому очень хотелось сесть поскорее за стол, — не хотите ли пообедать... то есть, виноват, поужинать?

Но его высочеству не угодно было ни обедать, ни ужинать.

— В такую погоду, — сказал он, — у меня не бывает аппетита.

Барон не мог понять, какое отношение имеет погода к аппетиту, но, поскольку все согласились с принцем, он тоже согласился:

— Я ведь только предложил, ваше высочество. Какая уж тут еда! У меня у самого от молнии и грома так сдавило горло, что я не смог бы проглотить и цыплёнка!

На самом же деле он был до того голоден, что с удовольствием сгрыз бы пару стульев, если бы не боялся противоречить его высочеству.

В конце концов принц, утомлённый волнениями, пережитыми за день, крепко заснул, сидя на стуле. Его прикрыли одеялом и потихоньку отправились в столовую ужинать. К этому времени и в самом деле стемнело.

За ужином синьор Помидор ел очень мало, а потом попросил у графинь разрешения встать из-за стола, так как его клонит ко сну.

На самом же деле синьор Помидор прокрался в сад и пошёл в деревню.

«Что такое случилось? — думал он, шагая по дороге. — Принц чем-то встревожен. Это очень подозрительно. Я не удивлюсь, если окажется, что произошла революция».

От этого слова у него забегали по спине мурашки. Он отогнал тревожную мысль, но она возвращалась снова и снова. Грозное слово так и прыгало у него перед глазами, пугая его каждой своей буквой: Революция!!! Р — Рим, Е — Европа, В — Венеция и так далее. Революция...

Вдруг ему показалось, что кто-то идёт за ним следом. Он притаился за изгородью и стал ждать. Через минуту издали показался синьор Горошек, который двигался так осторожно, словно шагал по сырым яйцам.

Адвокату ещё в столовой поведение кавалера Помидора показалось подозрительным. Увидев, что кавалер выходит из комнаты, синьор Горошек поспешил отправиться за ним.

«Здесь что-нибудь да кроется, — думал он. — Не будем терять кавалера из виду!»

Синьор Помидор собирался уже выйти из своего убежища, как вдруг в отдалении мелькнула другая тень.

Кавалер ещё ниже пригнулся за изгородью, чтобы дать и этому пройти.

Человек, который шёл за синьором Горошком, был синьор Петрушка. Он заметил, как ускользнул из столовой адвокат, и решил последить за ним. Своим непомерно большим и чутким носом воспитатель Вишенки почуял, что случилось что-то серьёзное, и не хотел оставаться в неизвестности.

Однако синьор Петрушка и не подозревал, что за ним тоже следят. По его пятам крался герцог Мандарин.

— Я нисколько не удивлюсь, если сейчас появится и барон Апельсин, — пробормотал синьор Помидор и затаил дыхание, чтобы не выдать себя.

Действительно, вскоре затарахтела тачка и показался барон. Увидев, что герцог куда-то ушёл, барон предположил, что его знатный родич отправился на какой-нибудь званый ужин, и, конечно, решил составить ему компанию. Бедняга тряпичник тяжело отдувался, толкая тачку и не замечая в темноте ни ухабов, ни камней на дороге. Скрипучая тачка, на которой покоилось брюхо барона, то взлетала вверх, то падала в пропасть. При каждом таком взлёте и падении у барона захватывало дух, но он только стискивал зубы, чтобы не выдать себя нечаянным криком или стоном.

Барон оказался в этой странной процессии последним.

«Любопытно узнать, куда это они все направляются», — подумал синьор Помидор и осторожно вышел из-за изгороди.

Так они и ходили всю ночь друг за другом: синьор Горошек тщетно вглядывался в темноту, пытаясь найти синьора Помидора, который на самом деле шёл позади всех; синьор Петрушка неотступно крался за адвокатом; герцог следовал за синьором Петрушкой; барон не терял из виду герцога, а Помидор двигался по следам барона. Каждый внимательно следил за движениями переднего, не подозревая, что за ним самим шпионят.

Несколько раз Горошек и Петрушка менялись местами: то синьор Петрушка при помощи ловкого обходного манёвра оказывался впереди синьора Горошка, то Горошек обгонял Петрушку. Так, наблюдая друг за другом, они кружили всю ночь и, разумеется, ничего не узнали, а только выбились из сил.

Под утро все эти господа решили вернуться в замок. Встретившись в аллее парка, они вежливо раскланялись и осведомились о здоровье друг друга. О своих ночных похождениях они сочли нужным умолчать и наврали один другому с три короба.

— Где это вы были? — спросил у синьора Горошка синьор Помидор.

— Я был на крестинах у моего брата.

— Вот удивительно! Разве крестины бывают ночью?

— Днём у брата дела поважнее! — отвечал адвокат.

Кавалер Помидор усмехнулся: дело в том, что у синьора Горошка никаких братьев никогда не было.

Петрушка сказал, что ходил на почту отправлять письмо своим давно уже не существующим родителям. Герцог и барон, не сговорившись, объяснили, что ходили удить рыбу, хоть ни у того, ни у другого не было при себе удочки.

— Как же это мы не встретились на берегу? — спросил барон.

— Странно! — сказал герцог.

Все так устали, что шли с закрытыми глазами, и поэтому только один из них разглядел, что на башне замка развевается знамя Свободы.

Его вывесили ночью Вишенка и Чиполлино. Оба они сидели теперь наверху, на башне, и ждали, что будет дальше.

ЭПИЛОГ,
в котором Помидор плачет второй раз

Тот, кто первым увидел на башне знамя Свободы, подумал было, что это новая проделка Вишенки.

Он пришёл в ярость и решил немедленно сорвать это страшное знамя, а затем хорошенько отшлёпать юного графа, который на этот раз «перешёл все границы».

И вот этот синьор, задыхаясь от гнева, бежит вверх по лестнице, перескакивая через четыре ступеньки. Он пыхтит, еле переводит дух и с каждым шагом всё больше краснеет и раздувается от злости.

Я опасаюсь, что, добравшись доверху, он уже не сможет пролезть в дверцу, которая ведёт на площадку.

Я слышу топот его шагов, которые раздаются в тишине, словно удары молота. Скоро он будет уже на самом верху, рядом с площадкой.

Пролезет или не пролезет? Как вы думаете?

Вот он и добрался до площадки... Ну, кто из вас угадал?

Ладно, я скажу вам: угадали те из вас, кто думал, что ему не пролезть.

И в самом деле, кавалер Помидор (ведь это он бежал по лестнице, — разве вы не узнали его?) так разбух от злости, что дверца оказалась вдвое у́же его туловища.

И вот он стоит там, наверху, в двух шагах от страшного знамени, которое развевается по ветру, но не может сорвать его, не может даже дотянуться до него рукой. А у древка знамени, рядом с Вишенкой, который в это время торопливо протирает очки, находится ещё кто-то...

Да кто же это, если не Чиполлино, заклятый, ненавистный враг кавалера, тот самый Чиполлино, который однажды уже заставил его, синьора Помидора, плакать!

— Добрый день, синьор кавалер! — говорит Чиполлино, вежливо кланяясь.

Осторожней, Чиполлино! Из-за этой неуместной вежливости ты подвергаешь свою голову опасности. В ту минуту, когда ты кланяешься кавалеру Помидору, ему довольно протянуть руку, чтобы схватить тебя за волосы, как это уже случилось когда-то в деревне...

Синьор Помидор так взбешён, что не помнит, чем это ему грозит.

Вот он ухватил Чиполлино за вихор и дёрнул с такой силой, что прядь луковых волос снова осталась у него в руке. Он и опомниться не успел, как у него защипало

в глазах, и слёзы, крупные, как орехи, градом посыпались из глаз, падая со щёлканьем на каменный пол.

Но на этот раз Помидор плакал не только оттого, что вырвал пучок луковых волос у Чиполлино. Он ревел от бешенства, потому что почувствовал своё полное бессилие...

«Что же это — конец? Конец?» — думал он, задыхаясь от ярости и давясь собственными слезами.

Я бы с удовольствием позволил ему захлебнуться слезами или кубарем скатиться с лестницы от первого толчка, но Чиполлино был так великодушен, что пощадил его, и перепуганный насмерть синьор Помидор сам удрал с башни. Он бежал вниз по лестнице, перескакивая не через четыре, а через шесть ступенек, и, добравшись до низа, юркнул в свою комнату, где ему никто не помешает поплакать вволю.

А что было дальше, ребята! Ах, что тут было!..

Принц наконец проснулся, побродил по комнатам замка и вышел за дверь, чтобы подышать свежим воздухом.

И вдруг он тоже увидел знамя на башне. Закрыв глаза от ужаса, он бросился бежать со всех ног, повернул направо, налево, выбежал за ворота и снова забрался в своё надёжное убежище — рыхлую навозную кучу, надеясь, что его там не найдут.

Проснулся и барон Апельсин. Он тоже захотел подышать свежим воздухом и растолкал своего слугу, дремавшего у тачки, на которой покоилось брюхо барона.

Спросонок, не открывая глаз, Фасоль выкатил тяжёлую тачку за порог.

На дворе замка его разбудил ослепительный луч солнца.

Но дело было не только в этом ослепительном солнечном луче. Фасоль поднял глаза и увидел знамя, развевавшееся над замком. Словно электрический ток пробежал по его пальцам...

— Держи тачку! Держи! — закричал перепуганный барон Апельсин.

Но куда там! Фасоль разжал пальцы, выпустил ручки своей старой тележки, и барон, опрокинувшись на спину, покатился вниз по аллее так же стремительно, как в тот раз, когда он свалил с ног десятка два генералов.

В конце концов он плюхнулся в бассейн с золотыми рыбками и погрузился в воду по шею. Немалого труда стоило выудить его оттуда.

Услышав со двора неистовые вопли барона Апельсина, герцог Мандарин бросился к бассейну, вскочил на мраморного ангелочка, изо рта которого бил фонтан, и закричал не своим голосом:

— Эй, вы, сейчас же уберите знамя с башни — или я утоплюсь!

— Посмотрим! — сказал Фасоль и столкнул его в воду.

Когда герцога вытащили наконец из бассейна, у него во рту оказалась золотая рыбка. Бедная рыбка — она думала, что забралась в подводный грот, а попала в голодный рот... Мир её золотым плавничкам!

С этого дня события понеслись с неслыханной быстротой — одно событие за другим. Поспешим и мы: дни летят, как листочки отрывного календаря, пробегают недели, а мы едва успеваем что-нибудь разглядеть.

Так иногда бывает в кино: механик пустит картину слишком быстро: дома, люди, машины, лошади так и замелькают перед вашими глазами, а когда лента наконец успокоится и пойдёт с обычной скоростью, то, оказывается, многое уже позади и всё на экране изменилось...

Принц и графини покинули свои прежние владения. Что касается принца, то это вполне понятно, но почему уехали графини? Ведь никто не собирался обижать старых женщин, лишать их куска хлеба или брать с них плату за воздух. Но в конце концов раз они сами убрались, то тем лучше. Скатертью дорога!

Барон стал худым, как тот хлыстик, которым он погонял прежде своего слугу.

На первых порах ему пришлось порядком поголодать.

Он не трогался с места, так как некому было возить его тачку. Поэтому ему пришлось питаться собственными запасами жира.

Барон таял с каждым днём, как воск.

В две недели он потерял половину своего веса, а эта половина была втрое больше веса обычного человека.

Когда барон оказался в состоянии передвигаться сам, без помощи слуги, то начал просить милостыню на улицах. Но прохожие ничего не подавали ему.

— Эх, ты! — говорили они. — Такой здоровенный малый, а попрошайничаешь. Шёл бы работать!

— Да я же ничего не умею делать!

— Иди на вокзал чемоданы таскать.

Так барон и сделал и от переноски тяжестей стал стройным, как спица.

Из одного своего старого костюма он сделал себе полдюжины новых. Однако одну пару он всё же оставил в сохранности. Если вы навестите его, он по секрету покажет вам этот костюм.

— Посмотрите, — скажет он, вздыхая, — ещё недавно я был такой толстый!

— Не может быть! — удивитесь вы.

— Что, не верится? А? — горько усмехнётся барон. — Так спросите у людей, они вам скажут! Ах, какие были замечательные времена!.. В один день я съедал столько, сколько теперь мне хватает на три месяца. Полюбуйтесь, какой у меня был живот, какая грудь, какой зад!

А герцог? Он и пальцем не шевелит для того, чтобы добыть себе кусок хлеба, а живёт за счёт барона.

Каждый раз, когда родственник отказывает ему в чём-нибудь, герцог взбирается на фонарь и просит сообщить графиням, что он покончил с собой. И барон, который ещё сохранил немного доброты в сердце с той поры, когда был толстяком, вздыхая, делит с ним обед или ужин.

А вот кум Тыква больше не вздыхает: он стал главным садовником замка, и бывший кавалер Помидор работает у него подручным.

Вам не нравится, что синьора Помидора оставили на свободе? Он отсидел, сколько ему было положено, а потом его из тюрьмы выпустили.

Теперь Помидор сажает капусту и подстригает траву.

Изредка он жалуется потихоньку на свою судьбу, но только тогда, когда встречается с Петрушкой, который служит в замке сторожем.

Замок уже больше не замок, а Дворец детей. Там есть и комната для рисования, и театр кукол с Буратино, и кино, и пинг-понг, и множество всяких игр. Разумеется, там есть и самая лучшая, самая интересная и полезная для ребят игра — школа. Чиполлино и Вишенка сидят рядом на одной парте и учат арифметику, грамматику, географию, историю и все остальные предметы, которые надо хорошенько знать, чтобы защищаться от всяких плутов и угнетателей и держать их подальше от родной страны.

— Не забывай, дружок, — часто говорит старый Чиполлоне своему сыну Чиполлино, — негодяев на свете много, и те, кого мы выгнали, могут ещё вернуться.

Но я-то уверен, что они никогда больше не вернутся. Не вернётся и синьор Горошек, который поспешил скрыться, потому что у него было слишком много грехов на совести.

Говорят, он занимается своим ремеслом где-то в чужой стране. Конечно, и там ему не место, но хорошо, по крайней мере, что он убрался из нашей повести прежде, чем она кончилась. По правде сказать, мне до смерти надоело возиться с этим цепким и вертлявым пройдохой.

Да, я забыл вам сказать, что старостой деревни стал мастер Виноградинка. Чтобы не ронять своего достоинства, он совершенно избавился от прежней привычки почёсывать затылок шилом. Только иногда, в самых серьёзных случаях жизни, он пускает в ход вместо шила остро отточенный карандаш, но это случается чрезвычайно редко.

Однажды утром жители деревни увидели на стенах своих домов надпись: «Да здравствует наш староста!»

Кума Тыквочка пустила по деревне слух, будто бы эти крупные буквы на стенах вывел ваксой сам мастер Виноградинка.

— Хорош староста! — говорила ворчливая кума. — Ходит по ночам и сам себе приветствия пишет.

Но это была явная напраслина. Все надписи на домах сделал Лук Порей, и не руками, а усами, которые он обмакнул в чернила. Да, да, Лук Порей. Я не боюсь открыть вам правду, потому что у вас усов нет и вы не станете по его примеру писать усами.

Ну вот, теперь наша история и в самом деле кончилась. Правда, есть ещё на свете другие замки и другие дармоеды, кроме принца Лимона и синьора Помидора, но и этих господ когда-нибудь выгонят, и в их парках будут играть дети.

Да будет так!

СОДЕРЖАНИЕ

Родари, Джанни.

Р60 Приключения Чиполлино / Джанни Родари ; ил. Вадима Челака ; [пер. с итал. З.М. Потаповой]. – Москва : Эксмо, 2021. – 264 с. : ил. – (Самые любимые книжки).

Известная сказка итальянского писателя Джанни Родари, рассказывающая о приключениях мальчика-луковки в фруктово-овощной стране. Среди персонажей сказки Кавалер Помидор, Графини Вишни, Кум Тыква. Сказка в классическом переводе Златы Потаповой выходит с прекрасными, тонкими и ироничными иллюстрациями Вадима Челака.

УДК 821.131.1-053.2
ББК 84(4Ита)-44

ISBN 978-5-699-76231-6

Литературно-художественное издание (әдеби-көркемдік баспа)

Для среднего школьного возраста (*орта мектеп жасындағы балаларға арналған*)

Родари Джанни

ПРИКЛЮЧЕНИЯ ЧИПОЛЛИНО

(орыс тілінде)

0+

Художник *Вадим Челак*
Перевод с итальянского *Златы Потаповой*

Ответственный редактор *В. Карпова*. Художественное оформление серии *И. Сауков*
Дизайн переплета *И. Лапин*. Технический редактор *О. Кистерская*
Компьютерная графика *А. Алексеев*. Корректор *Е. Холявченко*

Страна происхождения: Российская Федерация / Шығарылған елі: Ресей Федерациясы

Соответствует техническому регламенту ТР ТС 007/2011 / КО ТР 007/2011 техникалық регламентіне сәйкес келеді

ООО «Издательство «Эксмо»
123308, Россия, город Москва, улица Зорге, дом 1, строение 1, этаж 20, каб. 2013. Тел.: 8 (495) 411-68-86.
Home page: www.eksmo.ru E-mail: info@eksmo.ru
Өндіруші: «ЭКСМО» АҚБ Баспасы, 123308, Ресей, қала Мәскеу, Зорге көшесі, 1 үй, 1 ғимарат, 20 қабат, офис 2013 ж.
Тел.: 8 (495) 411-68-86. Home page: www.eksmo.ru E-mail: info@eksmo.ru.
Тауар белгісі: «Эксмо»
Интернет-магазин : www.book24.ru

Интернет-магазин : www.book24.kz
Интернет-дүкен : www.book24.kz
Импортёр в Республику Казахстан ТОО «РДЦ-Алматы». Қазақстан Республикасындағы импорттаушы «РДЦ-Алматы» ЖШС.
Дистрибьютор и представитель по приему претензий на продукцию,
в Республике Казахстан: ТОО «РДЦ-Алматы» Қазақстан Республикасында дистрибьютор және өнім бойынша арыз-талаптарды қабылдаушының өкілі «РДЦ-Алматы» ЖШС, Алматы қ., Домбровский көш., 3«а», литер Б, офис 1.
Тел.: 8 (727) 251-59-90/91/92; E-mail: RDC-Almaty@eksmo.kz
Өнімнің жарамдылық мерзімі шектелмеген.
Сертификация туралы ақпарат сайтта: www.eksmo.ru/certification

6-

ЕАС

Сведения о подтверждении соответствия издания согласно законодательству РФ о техническом регулировании можно получить на сайте Издательства «Эксмо» www.eksmo.ru/certification
Өндірген мемлекет: Ресей. Сертификация қарастырылған

Дата изготовления / Подписано в печать 12.05.2021.
Формат 70х90$^{1}/_{16}$. Печать офсетная. Усл. печ. л. 19,25.
Доп. тираж 12 000 экз. Заказ 4897.

Отпечатано с готовых файлов заказчика
в АО «Первая Образцовая типография»,
филиал «УЛЬЯНОВСКИЙ ДОМ ПЕЧАТИ»
432980, Россия, г. Ульяновск, ул. Гончарова, 14